電氣街

01

電氣街的天然災害

1

嗶嗶！波波！滋滋！

在寒冷乾燥的冬季，羊毛上的靜電常引起火災，晒衣場與鄰近木造房屋較密集的區域大多都有豎立著「禁止羊進入」的標誌。

別再發生一次了，我以為我會因此而死亡，早該提防好…

那天睡前，我急著將羊毛編織成的毛衣脫下，以便迅速地鑽進溫暖的被窩時，卻不慎引起了毛衣上附著的靜電爆發，我遭到一連串強烈的電擊。

到現在我仍然可以清晰記憶起電擊的那一瞬間，一個故事進入我的意識。

經過調查，極有可能是漂流在空氣中，電子與電子的後代間，悄悄地以低沉卻激昂的形式傳遞著的一則提醒，提醒著不要忘記了一件被忘記的事——這條街道是以它們所命名的。

它們是在對我投訴，一個偶然機會下相遇的對象，透過它們生態中自認為友善正常的方式表達，雖然友善卻很容易致命！

2

動物圖鑑上記載，綿羊：
是一種晦暗又危險的生物。

當冬季草原上的青草都枯萎時，綿羊會改變飲食習慣，分別陸續遷移進城裡的街道中覓食，食用垃圾中的菜葉廢紙與少量的肉類。大量的綿羊在街道上遊蕩覓食，除了阻礙交通的順暢和到處都彌漫著垃圾桶被打翻後散逸出來的臭氣，最令街道居民困擾的還是寄生在羊毛上的靜電。

冬季乾燥寒冷的空氣，街道上隨處可見的流浪綿羊。每當綿羊走過的路徑，周圍不時伴隨有靜電發出的電氣閃光，不但容易引起大大小小的火災，有時更引燃了綿羊身上的羊毛，夜晚經常都能看見幾隻著了火，在街道上奔跑的綿羊。

有時到了早晨，甚至必須要先清理掉擋在家門前，整隻燒焦的羊，才能去上班。

3

街道的居民開會討論，決定要想辦法趕走綿羊。

不過有人提議，要把綿羊趕走，不如好好利用牠們。

於是街道居民共同興建了一座很大的蓄電池，準備利用綿羊發電。

隨後開始向所有的綿羊宣布，要舉行免費的健康檢查，可以代為消除身上寄生的靜電，只需要在夏天時付出一身令自己發熱的羊毛。

當天，許多綿羊都來了，在街道上排隊集合，從東邊路口一路排到那幢隱藏了一座巨型蓄電池的建築物。

大部分綿羊覺得這樣的交換十分划算，牠們可能也認為這類健康檢查可以減低自己在街道上不受歡迎的程度，最少不會變得像某些同類那樣全身著火地在街上狂奔。

進入了建築，冒充醫生的工作人員拿著一支像吸塵器一樣的管子在綿羊身上吸來吸去，後面一台儀器響起了嗶嗶聲，工作人員告訴綿羊說沒問題，可以離開。

有時工作人員還會編造一些順便幫忙醫治好了某種奇異病症的謊言，說說叮嚀綿羊必須注意往後生活習慣的話，綿羊都很安心地帶著健康的身體離開。

這項活動獲得了很大的成果，蓄電池每天都積存了滿滿的電力。街道的居民們開始享受到好處，免費用電，有人甚至開始計畫夏天時，可以靠著賣掉綿羊提供的羊毛所獲得的收入去作一趟旅行。

但是過了一段時間，有些敏感的綿羊卻開始起疑心；太頻繁了，因為每隔一兩天就檢查一次，醫生不是曾經說過身體健康沒問題，為什麼還要再檢查一次。

後來祕密被偷窺的綿羊揭穿。

綿羊很不滿，全部的綿羊集合在一起討論，召開大會決定：街道的人們應該要付給綿羊電費，至少折合成食物！有一隻綿羊甚至建議應該設立自己的電力公司。所有的綿羊集合到街上抗議，日夜不停地咩咩叫，非常吵，有的綿羊還用身上帶有靜電的毛在牆壁上摩擦出火花，以表示憤怒。

幾個家庭主婦實在難以忍受連日封鎖在家中的煩悶，和控制不了的購物欲望，決定要冒險出門去買東西。

綿羊到處抗議找人要錢，沒人理牠們，家庭主婦一出門就立刻成為全部綿羊的焦點，家庭主婦被身後的一大群綿羊追趕，沿著大小街道到處逃跑。

我們都知道，鐵製的物品，經過帶電的物體往同一個方向不停地摩擦之後，會使鐵製的物品內的電子往同 個方向跑，鐵製的物品便會開始充滿了磁力。

這條街道上，有許多建築物是用鐵皮建造而成的，當一大群身上帶著靜電的綿羊追趕著家庭主婦在街道或小巷子間擠來擠去地摩擦之後，竟然把許多幢鐵皮房屋變成了一塊一塊通過電的磁鐵，磁鐵慢慢地發生了作用。

接著釀成了一種奇觀，街道上含有鐵製零件的車輛、機器、交通標誌都被磁力吸引飛向磁鐵般的房子，黏在上面。有的房子兩幢互相吸引在一起，當然，也有房子跟房子因為互相排斥而移動了位置。

綿羊持續幾天不停地在街上追逐行人，不斷製造出新的磁鐵，事態嚴重。

好不容易，終於有人想出解救的辦法，他們對綿羊散播一則謠言，謠言說有種傳染病開始流行，會互相傳染，然後他們向羊群撒了許多胡椒粉，有些綿羊不停打噴嚏，全部的綿羊都相信了，互相不敢靠近對方，羊群迅速解散，不再群集追逐人們。

變成磁鐵的房子，磁力在幾天後減弱，那些黏在上面的車輛機器和交通標誌紛紛掉下，街道居民開始收拾殘局，結束電氣街歷史上最混亂的一場暴動。

4

自從那次事件之後，街道上又增加了一道標誌：「禁止數隻羊同時往同一個方向行走」。

後來綿羊又不見了一陣子，聽說羊群被騙到製藥工廠，去實驗製造安眠藥的成分祕方，過了好久才被放出來。

失去宿主的靜電，從此只能在空氣中到處漂流，游離分散，難以集結，勢力漸漸薄弱。

我認為我所遭遇的可能是一則近年來極少數，因電力對本地居民發出危害的案件。時間流轉，人們即使不刻意地遺忘，對於這個事件的印象也逐漸被新發生的意外所沖淡。

由於綿羊是野生動物，綿羊的暴動仍被記錄為天然災害。

5

我自暈厥中醒來，醒來後感到非常寒冷，自己只穿著微薄的衣物，脫下的毛衣掉落在床邊。

很幸運地我並沒有被電死。

我把那件對居家安全不利的殺人兇器拿到窗外抖一抖，然後迅速丟入火爐中燒毀，帶有靜電的毛衣在燃燒的過程中，不時閃射出火花。我再向窗外探看，看到部分火花順著煙囪排煙飄向夜間的天空。

曾有詩人形容，火花是星光的同類，也許是像蝴蝶從蝴蝶的幼蟲變成了蝴蝶，夜空中的星光大概有不少是這樣來的。

近來街道上仍偶爾有綿羊出沒，卻都立即被巡邏的警察將全身的羊毛剃光，冬季除了飢餓又加上寒冷，野生綿羊的死亡率大幅度提高。

我認為動物圖鑑必須要修改。

綿羊，應該是一種實用又容易受騙，可憐的生物。

雖然身為靜電的受害者，我卻不贊成警察的作法，畢竟現在大家都知道，適當地儲存靜電是可以預防能源危機呢。

02
醫生館

1

由於某些原因：

膽小的我養成了一種習慣，一種在這條街道上的生存法則，即使在白天時，絕不靠近測光器測定指數一百度以下的區域。

當然，夜晚我是絕不離開我的房子，天色逐漸昏暗前，我就回家了。

謹慎地說，這條街道的夜景，我具體的認識，只有在我房子裡的那一扇觀景窗所能展望的範圍而已，其餘的都是依賴想像。（依賴風吹來的氣味與別處傳來的聲音。）

通常我只能從狹小的觀景窗觀看夜間街景的片段；窺視在夜間出沒的捕蜂人，頂著飄散著鐵鏽碎屑的季節風工作，那是因為夏季氧化作用特別嚴重才會發生的景象。

記憶中，當時的我是被霓虹燈燈管墜落在身邊碎裂的聲音驚醒，才發現自己正趴倒在那條我所恐懼的黑暗街道上。

隔著模糊夾雜著鐵屑的風，捕蜂人在向我招手。

體內殘留的麻醉劑使我產生幻覺並且嘔吐。我看見我的嘔吐物裡面，混雜著今晚在醫生館吞下去的螢火蟲，幾隻螢火蟲從嘔吐物中掙扎出來飛走。

我猜我肚子裡剩餘的螢火蟲也還在活動，掀起上衣，我的肚子果然發出斷斷續續的螢光。

根據白天的印象確定了仍舊在回家的方向，離家不遠。

我走向回家的路，把自己的肚子當作照明燈光，快到家門前，螢火蟲的燈光消失，原本活動的螢火蟲抵不過人體內的消化胃酸，終於都死了。

2

前往公園邊緣那棵紅棗子樹的路標很久以前就歪掉了，被風吹的。路標指著隔鄰醫生館的方向，許多人都以為醫生館專賣紅棗子，或是只替紅棗子看病。

紅棗子看什麼病呢，它是治病的⋯⋯治療手腳寒冷，呼吸結冰，兩眼看不同方向，心跳延滯，要死不活的患者。

醫生館收留這些要死不活的患者，大多是有進無出，令人懷疑藥書上亂寫，紅棗子根本就治不了病。或許是誤會，也許那些病人原來就治不好。有一次意外成功地救活一個病患，醫生發現了重大的醫學祕密，自然界的奇蹟！

醫生館十分在意外界的評價，覺得應該改變醫療對策，決定不再用紅棗子治病。

原來是有一天，有一個病患，被人像垃圾一樣包在棉被裡丟棄在醫生館的門口。

那個人奄奄一息，胸部有一個洞，好像缺少了心臟的樣子。醫生原本要用紅棗子為他救治，不巧的是醫生館的紅棗子用完了，只好破例用了晚餐預備要用的猴子心臟將他的缺洞補起來，卻將他意外地治好了。但是有一些小小的後遺症，就是那個人痊癒之後突然很擅長爬樹。

醫生館並沒有義務要醫治這些來路不明的病患，於是就叫他每天爬上醫生館隔壁的紅棗子樹採摘成熟的果實，當作是醫藥費的補償。紅棗子雖然不能治病，卻仍然是不錯的食物。

醫生館雖然醫療技術有重大突破，生意卻還是沒有進展。

3

有一天我生病了，十分痛苦，必須到醫生館掛號。

經醫生診斷有好幾個變質損壞的器官，需要手術切換。我非常憂慮這樣的說法，但是他似乎很興奮。醫生專注地研究著我的病歷，接著，他居然請求我；真是罕見的變質啊！

他說世上唯獨只剩最後一項不解的醫學之謎，正好藉著我生病的器官作為實驗對象，

從此世界將沒有任何治不好的病。

我說，那真是天大的好消息呢！

但是我並不願意真正相信，我回答醫生，我甚至不曾見過規模較小的奇蹟出現，怎麼能夠相信世界上還有更大的奇蹟。

於是醫生為我安排一場示範的表演，醫生館僱用一個過去的病患，一隻獅子，醫生館僱用了一隻獅子做醫療技術的表演示範！

獅子來自一座缺乏經費維護的荒廢遊樂園，牠原本是旋轉木馬上的機械獅子，為了想要到遊客較多的動物園應徵，必須要變成真正肉體的獅子，但是沒錢，便與醫生交換代價，以這份工作抵償分期付款，而且牠覺得這份工作既能實際執行一隻真正獅子所會做的血腥行為，也讓牠當一隻真正的獅子的企圖心得到了很大的滿足。

採紅棗子的病人，被派去當作表演示範的對象。

表演開始，舞台上，獅子聽從醫生的指令撲向採紅棗子的病人，咬破他

的肚子，將他咬死—（過程非常恐怖⋯⋯。）

隨後醫生再用移植的方式將他被獅子咬爛的器官修補好，治療復活。

每次有相同表演時，獅子都會忍不住偷偷吃掉一兩個器官，獅子認為，反正這些咬爛了的器官本來就是要丟掉的，雖然醫生常常警告牠不許偷吃，之後總是還會順便為採紅棗子的人補上被獅子偷吃掉的器官。

4

為了減輕目前身體的痛苦，我必須容許一個陌生人切開我的身體。

手術前，醫生用一個漏斗形狀的器具（撐開）伸入我的口腔。器具前端接上一個玻璃瓶子，瓶中有十幾隻亮度很強的螢火蟲，螢火蟲順著食道飛入我體內。醫生提示我說，這是X光，現在世界進步的醫療單位都在使用。

螢火蟲在我的體內鑽來鑽去，指引醫生找尋我生病的器官部位，醫生靠著螢火蟲的螢光穿透我的身體察看，醫生順利尋找到了我生病的部位，發出高興的歡呼！

麻醉劑讓我產生幻覺，我也好像正在進行一趟像尋寶的旅程，找到閃閃發亮的寶物⋯⋯（即將被解開的最後一項醫學之謎。）我與醫生一起發出歡呼！

後來留在身上的縫線疤痕就像一張發現寶物的藏寶地圖，循著這張地圖所行走的路線，可以找到我被移除後再被移植進來的器官，並伴隨幻覺中旅程的記憶。

幻覺中的旅程有點美好，真實的身體也不再感到痛苦。

我想，就把這次當作是來電氣街定居之後的首度旅行吧！

由於醫生與我都樂於置身在這趟旅程中，手術超過原本預計的時間太多，醫生館不再收留康復的病患，我必須勉強趁夜徒步走回家。

我立刻從康復的喜悅轉變成背部一陣寒冷，有一種樂極生悲的失落感。同時，殘留體內還沒消退的，麻醉劑的副作用隨著緊張加速的心跳運行，在幻覺的副作用浮現時，我必須集中注意力忍耐越來越強烈的嘔吐感，這情況多少也分散了我對黑暗街道的恐懼。不知這樣走了多遠，最後只記得，我被自高樓上方掉落霓虹燈管的碎裂聲驚醒，我發現自己正趴倒在街道上，在我大量嘔吐物的中央。

5

我雖然為自己被治療之後的效果感到高興，卻也難免像之前那些患者一樣，遭到器官來源動物習性的影響，偶爾發生一些怪異的習慣，仍然造成了生活上微小的困擾……

據瞭解，我所移植的器官來源，各是分別從貓頭鷹與眼鏡蛇身上取來的，我懷疑我的醫生對於動物生態的研究並不深入，屬於敵對雙方的動物天性衝突常常在我身上同時發生，甚至根據每個器官神經蔓生所牽涉到的影響範圍，各自串聯形成不同陣營，尤其在我自身意志力較薄弱，疲勞的午夜，互相發生鬥爭，互相干涉敵方的運作功能，令我擔心有危害到生命安全的可能性。

6

豢養獅子的人，最後要有被獅子吃掉的心理準備。

採紅棗子的病人，經過多次移植各種不同動物器官之後，具有多項特技才能，他離開了醫生館，前往演藝界發展，成為受歡迎的藝人賺了很多錢，最喜歡吸著用鈔票捲著乾燥香蕉葉子做成的香菸，還好他有一對醫生為他移植的非常強壯鯨魚的肺。

採紅棗子的人離開後，醫生少了助手做示範，只好親自上台表演。

可是獅子總是改不了偷吃器官的壞習慣，那一天牠忍不住偷偷品嘗了長期以來非常好奇，卻從沒吃過的器官——大腦。

醫生失去了大腦，一直想不起如何治療自己的方法，電氣街上唯一的醫生館倒閉了，醫生被送往遠方的其他醫生館。

獅子飢餓時流連在夜晚街道上，常回味起人體各項器官的滋味，有一天早晨我在我的窗台上發現一團暗紅色的汙漬，我感到奇怪，當我意會過來時，開始慶幸我早在窗台外種植了有刺的植物，看來是有不速之客曾經來拜訪過我。

後來，獅子真的在另一個城市的動物園找到了一份工作，使我減輕了許多焦慮的情緒。

據我所知我是最後一個接受這項治療的病患，從此以後後這條街上生病的人，沒有醫生可以為他們看病，只能在街角販賣機購買廉價的藥，勉強依照語意不明的說明書自行使用，自我治療。

我感覺這條街道的人好像變少了⋯⋯

沒人住的空房子漸漸變多，夜晚住宅裡的燈光越來越少，街道也越來越黑暗，我猜測他們可能到遠方之外的其他醫生館去看病了。

7

這一夜我奇異的怪習慣因為氣候變換的關係發作了一陣子，等待症狀比較和緩時，我仍舊透過狹小的觀景窗觀看窗外的街景。

熟悉的捕蜂人今晚沒有出現在觀景窗所能展望的範圍內，但是我卻透過風的傳送，聽著；

獅子撕裂東西的聲音不見了⋯⋯

蜂群鼓動翅膀如往常出沒時的嗡嗡聲，比平常小得多。

然後，蜂群鼓動翅膀的聲音消失。

一連串的腳步聲越來越遠。

然後聽見了一段距離之外，是捕蜂人在說，再也沒有任何黑暗蜜蜂可以捕捉了，然後聽見了嘆息聲，是在預示他再也不會出現了嗎。

我並不相信夜晚的街道從此會比較不具威脅，這是先天對危機的直覺。

我終於確定窗台上的汙漬是獅子嘴角流下的血跡。

擦拭乾淨前，我已先將汙漬拓印好，並與捕蜂人嘆息一一記錄下來，存放在一個我不常回憶起的角落。那個角落，根據測光器的指數在一百度以下⋯⋯

即使是在白天。

03

並置雙子電塔

1

黃昏。

惱人尖銳的金屬摩擦噪音，別誤以為那是因溫度變化熱脹冷縮所造成的自然現象。

兩個學生兄弟的爭吵由來已久，他們位於全城的最高處，寬廣的視野使他們可以輕易地窺看這城市所有人的祕密，他們甚至比賽誰收集了最多祕密，他們兩兄弟是這個城市最小心眼的大人物。

有一天，有一面很大，上面繡著美麗花紋的風箏，飛得很高，由於風向的突然轉變，被吹往城外，隔市街的房屋一段不遠的距離，山腳下丘陵高地上，兩座矗立在那裡已經很久的孿生兄弟高壓電塔，風箏被電線勾住高掛在連接兩座電塔中間的電線上。

兩座電塔同時灑下了幾撮火花，看起來他們似乎是同時在表達看見那面風箏時無法掩飾的興奮。

弟弟忍不住搶先說：「看吧！剛剛遠遠看見那面風箏時，我就在心裡許願，希望它能送給我當生日禮物，果然風向就轉變，把它吹過來送給我。」

「別忘了，它是掛在我們的中間，可能還偏我的距離近多一點，那可能才是送給我的。更何況是我比你先看到。」哥哥說。

「憑什麼說你先看到！」

「這世上我什麼東西都比你先看到，因為我是哥哥，我先出生。」

「不公平！我們只相差幾分鐘而已，說不定我才是哥哥，你也知道，人們的記憶是很容易出錯的。」

哥哥輕蔑地看著弟弟：「不像你那麼容易……我們都是根據工程師的設計圖製造的。」

「即使是這樣，我真的很生氣，我不要我最獨一無二的生日，也讓你瓜分了一半。」

「我知道，那並不是值得高興的事；對我而言也是。」

「我要我的禮物，它對我真的很重要。」

弟弟閉上眼睛想像：「這麼美麗的禮物配在我身上才好看。」

弟弟心裡想：「你這麼醜，要它幹嘛？你可能自己不覺得，因為你看不到自己的樣子。」

弟弟看著哥哥的身體，油漆剝落，到處都是生鏽的疤痕，積著一層厚厚的灰塵，腳底沾滿爛泥，並爬滿了乾枯的藤蔓。

但是弟弟心裡的每一個念頭，都會造成微弱的電氣顫動，很難隱藏住祕密。

「你比我醜多了！」哥哥看著弟弟也在想。

「等等！等等！你沒有注意到嗎？剛剛吹來一陣風，風一定把禮物又往我這邊移動多一點了，這是老天的意思！」

這時，一群常常棲息在電線上的麻雀自城市中覓食回來。

「麻雀們從空中看，判斷最正確。」

電塔兄弟請麻雀從空中看清楚，可是麻雀們的意見並不一致，大家決定用表決的方式來裁判。

接著，麻雀們紛紛降落在電線上，以風箏為分界，贊成哥哥或弟弟的麻雀分別站到牠們支持的那一邊。弟弟一隻一隻地數著，但是不幸地是，站到哥哥那邊的麻雀好像變得比較多。

弟弟心裡很焦急，突然想到一個詭計，他偷偷發出一道電流。

站在哥哥那邊的麻雀突然變少，原來是被這道電流擊中，掉下地面，仔細一看都烤焦了。

哥哥發現後很生氣，也不甘示弱發出另一道電流反擊，弟弟那邊的麻雀也都尾巴冒著煙紛紛掉落地面。可憐的麻雀經過這一來一往的電擊之後，只有幾隻反應比較快的麻雀活著飛走，恐怕再也不敢回來。兩個兄弟在這項比較之後，仍然無法決定那面美麗的風箏到底該是屬於誰的生日禮物，卻發現他們發出激烈的電流，把掛在電線上的風箏都燒焦了。

風箏著火燒得破破爛爛，終於破成碎片像麻雀那樣掉落到地面。

2

有個聲音在電塔的底下叫喊。

一個女孩要來拿回風箏，風箏是屬於她的。

「那是預定要剪裁成新娘禮服的布料做成的風箏喔⋯。」

用來告訴遠方曾經與她約定的男孩：「快回來娶我。」

「放得又高又遠才看得見⋯⋯我們一起約好的⋯。」

女孩發現風箏被燒焦，破爛的碎片散落在兩座電塔中間的地上，女孩走上前去撿起了碎片，並向右走了一百公尺走到哥哥的下面，用力踢了哥哥一腳。然後又向左走了兩百公尺也用力踢了弟弟一腳。

女孩非常生氣罵他們：「討厭你們兩個醜八怪電塔！」

女孩難過得哭泣，捧著焦黑的碎片走回夕陽沉落的反方向，她來自的，已經變得黑暗的路。

弟弟打破暫時維持的靜默。「我想到與一個葬禮有關，是從我收集的祕密中找到的。」

「在那個葬禮中看過的女孩⋯。」

「想到了，我也看見過⋯。」

「那是幫我們油漆保養的那位工人的葬禮，見到那個女孩時，她是好小的孩子。」

「那位工人從我們身上掉下去死了，從此沒有人再為我們保養上漆。」

「他有時會在你的身上偷偷畫著星星的圖案。」

「也在你身上畫著各種動物。」

「我看見過他抱著他的孩子，遠遠指著我們。」

「對呀！我也看見過，但那是他孩子的孩子，他們好開心。」

「不過自從那位工人從我們身上掉下去之後就看不到那種表情了。」

「我看過！當她今天拉著風箏，起先有點不安；風箏被風推高起來的時候，我看到了。」弟弟回想。

「真糟糕！你害了她。」哥哥說。

「是你吧！」

「是在說你啦！」

「是你！」兩兄弟爭論不休。

「好吧！」弟弟忍無可忍。「既然你這麼不講理，我就把實話告訴你，你真的就像女孩所說的是個醜八怪，而且是心地很不好的醜八怪。你身上的油漆剝落，到處都是生鏽的疤痕，到處積著一層厚厚的灰塵，腳底沾滿惡臭的爛泥巴，並爬滿了乾枯的藤蔓。」

「其實我早就想要告訴你這個事實，只是羞恥於自己的不懷好意…我想留著當作給你的致命一擊，我覺得自己實在不應該這麼壞…。」

哥哥非常驚訝。「你是說我像你一樣醜…我今天才真正感受到你惡意的傷害…你太邪惡了！」

「……」弟弟呆住一會，他也嚇了一跳，因為他們彼此感受得到對方在說話時非常誠實。

「我真的像女孩所說的那樣，是像你一樣的醜八怪嗎。」兩兄弟同時問對方，「我感覺得到，你並沒有在騙我。」兩兄弟也同時說。

「我們很醜，而且討人厭…？」

「回想過去我們剛出生時，大家都誇獎我們呢。」弟弟閉上眼睛浮現畫面。

「…好美啊！看著你，我想到我也一樣美。」

電塔兩兄弟開始放低對話的聲調，臨近城市的居民終於鬆了一口氣。

「從小，任何事都是以你為優先，油漆、修理、更換零件、甚至電流都先經過你，然後才送來給我，我總得忍受你使用過後的一股怪氣味。」弟弟說。

「沒這麼糟吧！」哥哥不以為然。

「你對數字比較有概念，我的編號是六二四七，而你的是六二四八，你的號碼還比我多了一個數目字呢。」

「是嗎？我都沒想到。」

「你和我想到的一樣嗎？我想我們都生病了。」哥哥說。

弟弟有些不好意思，「原本我只是看到你變得醜陋，就認為你該讓給我當哥哥，只因為我們鋼鐵做成的身體直挺挺沒辦法看見自己，現在我想要彎下身體看看自己是不是也像你一樣地難看。」

「我也是…。」

「不會吧…那些美麗的花紋跑到哪裡去了！」

兩座電塔一同彎腰察看自己身體的當時，發出了有史以來最大最尖銳的聲音，使城市住戶的玻璃大多都破裂掉。

「喔！天啊！…不會吧…？」

察看的過程中兩兄弟不停發出驚嘆！

「…真恐怖！」

「喔…好噁心…！」

電力公司的搶救人員緊急趕來，在電塔下用擴音器呼叫請他們停止動作。

「你們不要再繼續扭動身體，這樣會讓原本老舊的結構更加損害了，我不能保證一定會修好。」

「那不用了吧…，我們要說再見了…。」

「我像他…我是說，我們又老又醜，就像所有的老頭一樣，也總會來到結束的時刻。」

「把電線接駁到別處去吧。」
「真難為情，我還老是以為自己很漂亮呢…。」
「那是很久以前的事了…。」
「對！我們曾經很棒。」
「大家再見…拜拜！」

弟弟對數字比較有概念，他開始統計他們曾經擁有過美麗時光的總和。
「真美…。」這是蝴蝶曾經停留的數目。每年季節性大遷移時，蝴蝶會暫時停留在電塔上休息。
「越多越美好…。」
「還有被夏天密密麻麻的蜻蜓包圍…也很壯觀。」
「蝙蝠，牠們把蜻蜓吃掉，然後倒吊在這裡過冬。」
「我並不是很喜歡牠們，可是神祕的裝扮，也很適合某些節日。」
「麻雀讓我們感到很熱鬧。」
「你計算的麻雀，包不包括我們吵架時燒焦的呀？」
「當然有！」

3

電塔的靈魂要離開了…剛入夜的天空突然又變得明亮。

電塔的靈魂離開的過程中釋放出大量電氣，天空出現像極光的光幔。

街道這邊卻也因此而出現了每一間房子的窗戶都冒著黑煙奇景。

光幔籠罩下的城市，一條一條黑色扭動像蛇的黑煙從房屋破裂的窗戶鑽出，往天上爬。

每一家的電器用品都因為電塔發送出激烈電流的衝擊而燒毀。

人們夜間最大的娛樂，電唱機都壞了，所有人無事可做，房屋裡都是煙，很嗆又很黑，室外反而比較明亮。

我仍記得，在那個夜晚，街道的居民都爬上自家的屋頂觀看美麗的情景，光亮總讓人感到溫暖和歡愉，有人張開手臂開始跳舞。

另外有幾個人拿出樂器，他們跨著幾幢樓房的屋頂合奏出跳舞的樂曲。這裡變成一個舉行歡樂節慶的城市。

在那一夜，有幾個居民在電氣大量釋放的過程中被電死，但他們多半是在歡愉的瞬間死亡，並沒有遭受痛苦，臉上反而帶著笑容。

即使有這種情況發生，居民們還是將這一夜的記憶，納入美好回憶的那一部分。

像慶典般的日子結束，電塔的電線斷落，失去功用，從此電塔的鋼鐵因熱脹冷縮形成的噪音是真的了，不再是吵架的聲音。

04

灰房子的瞎眼女孩

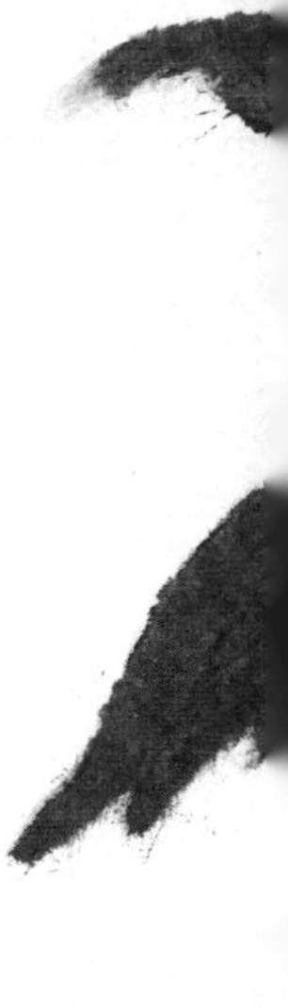

「我累了⋯⋯。」
冬季寒冷，住在灰房子的女孩決定要冬眠。
眼球問女孩為什麼要睡覺而不看東西？
眼球在桌上點燃火柴，築起營火，圍著營火跳舞。眼球暗自疑心，擔心要失業了。
失眠的眼球決定到職業介紹所找新工作。
路途中，眼球被吸血的鳥抓走，抓去餵孩子，女孩失去雙眼。

春天到了，大象在唱歌。
—雪季與花季—
兩季的交界是用一首歌來分割完成的。

大象摘花送給女孩並且叫醒她。
女孩聞到花香，卻發現自己看不見，即使把花塞入空洞的眼窩也不能滿足。
大象說：「可惜我不能夠把我的眼睛給妳，我與它們相處得很好。」
「來吧，用我的眼睛當作是妳的眼睛，我們一起去找尋妳的眼睛。」
大象載著女孩四處打聽眼球的下落。

墳墓裡的媽媽願意幫助她，只可惜從媽媽眼窩挖出來的，只剩腐爛的眼球。

後來她們遇見了偷竊的鳥，還會說謊。

牠騙女孩樹上的熱帶果子是眼睛，女孩眼窩裝上果子的雙眼。

夏天來臨，熱帶的果子發芽長出了枝椏，開出花朵，女孩想要看花的願望似乎實現了。

說謊偷竊的鳥，牠的孩子靠著女孩的雙眼餵養長大。

未來可預期，街上將會有更多的眼球失竊，但是鳥的孩子也要特別小心，因為女孩眼窩中長出的肉食性熱帶的花朵，是不會輕易地放過牠們的。

05

單軌懸吊的齒輪電車

如果我想要從這裡到那裡：

從白鶴旅社到旋轉郵便所呢？

我很想要到那裡去轉圈圈，轉得微微暈眩⋯⋯（暫時忘卻思念的憂傷）。

也順便把思念的信寄出去。

我的思念是一樁不可告人的祕密，只能用文字以外的物件做記號：

乾燥的橘色花瓣，橡膠樹的種子，彩色的玻璃碎片以及生銅繡的螺絲帽。

然後，我用三層信封紙袋包裝好，避免被玻璃的碎片割破。

遠方的那個收信人明白我的心意，我們在記憶中約定的往事，絕對不可以告訴別人，但是我們全部都記得。

她也許會因此將這封信的內容譜成一首歌曲，帶到無線電鐵塔發射。

然後播送到遠方之外的街道，原本清晰秀麗的電波弧線，可能被街道的死角阻隔得矇矇矓矓。

也許；我將無意間在收音機中接收到，我將會聽得出來，就是那件我們曾經約定的事，我會明白她和我一樣，全都還快快樂樂地記得。

剛剛要翻開地圖，公車就來了，在任何一條路旁隨意招手可停。

才上車坐下，重新翻開地圖就發現，我坐錯車了！

早知道就該趁著懸吊電車習慣覓食的早晨，放棄香氣四溢的早餐，用來引誘被香氣吸引，在家門外徘徊已久的那輛懸吊電車。

可惜我比電車更加無法抵抗美味食物的誘惑。我以為我可以等候慢行的公車，或是忍受繞路而行，愚笨地放棄了在家門外等候被餵食的懸吊電車。

原本牠應該是可以依照我的要求作為交換條件，送我到我想要到的地方，畢竟年輕的懸吊電車單純的意志是最容易受到食物引誘以及被説服。

這個祕訣是另一輛我較為熟識的雌性懸吊電車告訴我的，如果能事先知道將要引誘的那輛電車喜好的口味，那將會有更好的效果。

現在想起種種後悔已經太晚，我搭上前往紅棗子樹的中途不停公車，我會因為換車耽誤太多時間，趕不上郵便所開動旋轉功能的時刻。

我的憂傷使我大概無法完整形容我所思念的內容…

離開那一個我所來自的國家前，我像是作了一個奇妙又悲傷的夢，在那個夢中我與一個人交往又分開。我們的最後一趟旅程，乘坐著我所熟識的那輛雌性懸吊電車。

我們經過一條蓋滿別墅的道路，這裡的居民非常有錢，他們全部説好，裝置出一種投影設備，到了夜晚，整條前往山丘上別墅區的道路全都變成了像海底一樣的景象。

房子外，路邊，全都畫上了螢光的珊瑚，各種放大了的怪魚圍繞著房子游著，每棟別墅的窗戶裡也像水族箱一樣，有比較小的魚，所有的魚都圍繞著房子游著。

有一隻巨大的鱉將頭偽裝成海草的巢子，在庭院中緩緩隨著水波搖擺。我們乘坐在電車中觀賞美景，大約走了二十幾分鐘，我提議我們該忘了悲傷的那　部分。

在即將黎明前，我們抵達國境的邊界，她走下車時問我：「是否還會把我放在記憶裡。」

我看著她走遠，隔了一會才回答：「我將會快快樂樂地記得！」

黎明的陽光射入眼中十分刺眼，電車體貼地將日照那一面的窗簾降下，繼續送我前往旅程未完的路途，並答應成為我來到電氣街之後長期雇用的專車。

有一段時間我注意到一件事：

同樣地早起，並且同樣謹慎調配了食物的口味，但是我卻仍然無法使我雇用的雌性懸吊電車準時抵達我想到的目的地。

她經常為了行程距離太長，甚至於招車的次數太頻繁而怪罪我，我們發生過許多爭執。

後來我才發現，原來她懷孕了！所以情緒變得很不穩定。

她生下一個活潑好動的男孩，孩子緊跟在媽媽身後，電車變成了兩節。

她與她的孩子離我而去已經一段時間了。

有一天，電車的孩子好奇地被奇異的街道景物吸引，脫離媽媽的看顧駛向前看，卻意外撞倒了路人，媽媽為了掩護孩子，情急之下吃掉了生死不明的路人，然而終究因為留下的痕跡而被警察追查逮捕。

媽媽代替孩子承擔罪行，遭到了解體的命運。

我代替電車媽媽繼續飼養著她的孩子，卻因為清晨特別刺耳引擎噪音，與電力負荷過重，經常與鄰居發生衝突，而不得不忍心將孩子送到寄宿的工廠，那孩子終於因為受不了工廠技工的虐待而逃往宇宙。

當初發生交通事故的附近路段，也因為受害者的鬼魂盤旋不去，引起嗜食鬼火的蛀蟲大量繁殖，造成了單軌懸吊電車行駛的纜線支架遭到侵蝕，整段軌道陷落，直到修復前，地圖中也暫時消去了這段路線存在的記錄。

06
發聲巷

1

我並不否認我會以貌取人；
能與一位美麗的女性作鄰居真是很好的事。
她似乎在每天出門前都面臨將要遲到的困擾。
自木材做成隔音程度有限的天花板上傳來急促的腳步聲，叩！叩！叩！叩地響，令住在位於她樓下的我每天早晨提早醒來。
住在我樓上的鄰居，她是一位芭蕾舞的女舞者，即使慌忙時的腳步聲，也像是在跳舞般打著節拍那樣好聽。

我擅自決定要送給她一座時鐘，為她在早晨提前報時，以便餘留更多出門前的時間，以舞蹈般優雅的姿態作充分的準備。
但是這項禮物卻被她誤會是我對她表達愛慕的禮物，她想退回給我時，卻不慎摔壞了。
我並不介意，雖然那不是我的本意，不過，能夠以這種方式使一位體態優雅，聲音柔細的美人留下深刻的印象也無妨吧！
她曾經承諾說她會修理好了再還給我，然後就沒有消息了⋯。
這是好久以前的事，我猜想她已經忘記並搬到別處去。

我們再度相遇是在我到博物館參觀時，她認出了我，我不認得她。

2

過去，我總認為與某人曾經有的約定，在這個人死後，就再也不存在了。因為一旦人死亡之後，在我的認知裡，他們的身體就進入了物質的領域了，從那一刻起就會成為與動物標本之類無異的物體，甚至是能夠以金錢交易買賣的物品。

與一樣物品能有什麼好約定不約定的呢？

雖然我一向重視約定。

我想起了某天曾在報紙上見到一則新聞：

⋯⋯博物館的人體標本偷走了管理員的大衣，趁夜偽裝逃跑。

當時我對於這一則報導並不十分好奇，標題之後就沒有繼續看下去，我只為那位在寒冷的冬夜因失去大衣而可能罹患重感冒的管理員而感到同情。

3

我的過去的那位鄰居；那位芭蕾女舞者，那幾天，她總在深夜來拜訪我。她帶著修理好的時鐘來還我。

我以熱茶招待她，自從我們重新相遇後，我們都在深夜一起喝茶。

我發現她變得與之前不同，所以我認不出她來，她只來坐著，很少說話。

我聽她談著她取回修理好了的時鐘的過程，真是有趣。

那個被委託修理時鐘的工匠告訴她說必須要有單據才能拿回時鐘，不然就不承認這項交易。

她脫下身上的大衣，把老闆嚇壞了，老闆便趕快將鬧鐘還給了她。

說著這件事⋯⋯

她的舌頭顯得有些活動困難，不似以往柔美的發音。

她身上少了過去有的那層，值得驕傲質地細膩潔白的皮膚。

當她喝下熱茶，有些茶水及熱氣從身體的細洞裡滲漏了出來。

她最近來訪時身體都沒穿著任何衣服，雖然曾是我夢想中曾期望過的事，但我卻覺得不像過去那樣地對她有美好的感覺了。

在她剝離的皮膚下，肌肉硬化成板狀呈現灰暗帶著粉紅色，血管被刻意染成的鮮藍和鮮紅，除了說話的語調外，我僅能從她微微上揚與下抿的嘴唇稍微辨認她的情緒。

她緩緩咬字，對我說明為什麼會變成這個樣子。

在一場重要的舞蹈首演前，她發現另一位嫉妒她的舞者偷偷將她的舞衣割破使她不能上台。

於是，她也找了一把刀子，要將那位舞者穿在身上的舞衣割破剝下，但是，刀子非常銳利。

當案件現場被大家見到時，那人緊貼在身體的衣服已經連帶皮膚，被她一起剝下，她被誤認為是病態的罪犯，處以與受害者相同的懲罰，並成為剝製標本陳列在博物館供人觀賞。

其實，那僅僅只是一般單純的報復罷了。

4

她一邊說，卻警覺到門外的走廊傳來了一陣腳步聲，由遠而近。

她急忙向我道別，然後很快地從我房間的窗戶跳下樓逃走。

警察撞開了我的房門也緊接著從我的窗戶跳下去追捕她。

那夜好像比較長，以便容納發生很多事。

經過這些人來拜訪後，房間裡變得很髒亂，桌椅上留著茶水的濕印，地板雜亂的腳印，被扯破的窗簾。

5

她呢？

芭蕾女舞者，我過去的鄰居。

她繼續逃亡，沒回到博物館。

我們算得上是朋友，我接受她的請求，我想舞者的表演都需要樂曲來伴奏，她非常希望能有一個完成表演的機會。

我在她指示的那所空屋中，位於一條無人居住的死巷子底，屋裡空著，只有一整片積滿灰塵的木地板，我在木地板上放置了一架舊時的留聲機，那是以搖動發條發出聲音的。

鄰近的人對於空置已久的屋子在每天半夜發出的腳步聲與樂曲聲，人們在驚懼之餘都互相迴避交談這個話題，大家從那場舞蹈表演揭幕那一剎那，見到一具被剝皮的屍體後，競相搬離附近，使那裡成為無人居住的巷道，表演的場地從此封閉了很久一段時間。

那條巷子離我住處不遠，從我放置了留聲機之後的一段日子，每晚下半夜不斷反覆重播的樂曲聲與舞蹈的腳步聲令我難以入眠。

我在床上推想她一定每晚獨舞，可能無法盡情地得到滿足，被防腐劑浸製過的肉體比較僵硬，容易在大幅度活動時破碎。

直到有一天，那晚我得到了安眠，那條巷子沒有再發出聲音……。

6

今早時鐘如常準確地在我設定的鐘點響起，將我喚醒。

我從很少準時送來的報紙上獲知今天的日期，原來今天是新的一年的第一天。

我觀看報紙時在日期的欄位下方見到一則新聞報導的標題寫著：

——警察在那條巷道的空屋中找到了一堆疑似人體構造的碎片，和一架擺有舞曲唱盤的老舊留聲機……。

雖然我不曾再進入那間空屋檢視，但是，事情卻正如我所想。

07
紅棗子樹

1

我必須寫完這封信。

每隔三個月的時間，郵差會送來通知單。

將通知單捲成尖頭的高帽子，戴上它就能順利依照指示鑽進夢裡的場所。

我從原來的不明原因到現在完全不好奇，主要是因為經歷過太多次相同的過程了。

真正的，下一個季節的來臨，從來都不是靜悄悄地來。

在季節與季節之間的某個關鍵的夜晚，進行著大規模慘烈像野獸間捕獵，食物鏈般的儀式，如果下一個季節失敗了，季節將無法替換，持續延長。

有沒有永遠的勝利者呢？

期待下一季來臨的人們會不斷祈願吧！

接連經過六個夏季，期望不知何時才能實現？

或許來自於補償的心態，現在我甚至希望連續六個冬天的到來。

不論如何，我也必須跟隨所有人一樣，躲避季節與季節相互獵捕時所可能造成的危害。如何能結束，並不是我能操縱，但是，事情的起因卻是因我而引起的。

2

最早的那一次……

在夢裡的場所，我並沒有跟隨著人們的隊伍行走，我在無人的巷弄間漫遊，卻意外地見到了熟悉的風景。我發現我走近了妳居住的舊公寓，順手推門走進去，走進我們曾經共同居住的房間。

在房裡的那張桌子上，我看到了一幅畫，是我的畫像，是妳的筆跡。

畫像的左眼放著一顆紅色的果實種子，右手沒畫，卻放上一支帶葉的枝幹代替，這個暗示，我想了很久，我決定將這兩樣東西帶走。

可是我並不想留下一張失去左眼與右手的我的畫像，我將它們補上，也等於是我的留言。

我想妳也會很清楚，在妳的筆跡之上疊著的我的筆跡。

這不合理，不是嗎？

但在夢境中很多都是說不定的。

我當作是妳預感我會到來，而與我玩的一場小遊戲。
我輕忽了這個暗示，我覺得謎題並不難猜測，好奇心引領我繼續玩著。
有人來到附近，我不想受人打擾，很快地關門離開，就回到了人群裡。

我認為我輕易地猜透了妳的用意：
—我看見果實種子；
—我會用我的手將它種下；
—然後，只要尋找到像樹枝那樣相同的植物，就會認出這是什麼種植物。

3

在我所居住的城市裡，我認得出來了。
夏季結實累累，那是城中唯一的一棵紅棗子樹。
這棵紅棗子樹，根據我探訪附近久住的居民描述，它應該就是這個世界的中心點。

所有季節之間發生的變化，一切都是圍繞著紅棗子樹發生的，正是發生在人們鑽進夢裡的那段時間中。

冬天是一切的結束，也是一切的開始。

冬天由一隻巡游在空中的巨大燈籠魚帶來，空氣中的水分接觸到超低溫的巨大燈籠魚，冰屑散滿了整個地面，一日一日累積了厚厚一層，牠總循著紅棗子樹作為圓規中心點，渦卷狀地從遠方巡游而來，並在此覓食。

春天即將來臨。

帶來春天斑斕紋路的貓群集體聚集，在紅棗子樹的周圍求偶並守候到最佳時機，數萬隻貓同時群集，攀上紅棗子樹的頂端，藉由樹枝的高度全部跳上洄游至樹旁的巨大燈籠魚身上，發動總攻擊。

僅僅幾分鐘之間，巨大燈籠魚已經被貓群分食得只剩骨骼。

但在某些年，總有幾隻燈籠魚是特別強悍的，牠也向貓群反擊。

那時就會有幾千隻貓被巨大燈籠魚一口吞噬，數不清有多少貓被燈籠魚的超低溫凍結，從高空掉下地面碎掉。

順利的話，貓群將在一夜之後統治世界。

秋天呢？

秋末，冬天來臨之前，天空布滿了飽食的帶電蝙蝠，全身赤紅電力飽滿。

電力蝙蝠在整個季節中吃下了無數在夏季繁殖出來的金黃色甲蟲，直到巨大燈籠魚出現時，全身通紅的電力蝙蝠已無法藉夜色偽裝隱藏行跡，於是就被天空蜉蝣的巨大燈籠魚悉數獵食殆盡。

如同吃下許多電池一般，巨大的燈籠魚頭上的燈籠假餌在冬夜中更加耀眼，發出炫耀的光芒。

夏季，仍是不可思議！

春末的貓群正靈活地在城市的各處跳躍，毛色爭奇鬥豔，比春初更加美麗。但一夜間，竟無法抵禦天敵的埋伏，紛紛肚破腸流。

從每隻貓的體內分別鑽出數十隻不等的金黃色甲蟲。

以貓的身體來作為孵化蟲卵的溫床，金黃色甲蟲的蟲卵來自於去年秋天被電力蝙蝠吃掉的母蟲體內。電力蝙蝠被巨大燈籠魚吃掉，巨大燈籠魚又被貓群吃掉，於是蟲卵就自然移轉到貓群的體內。等待到了成熟就在同時一夜破腹而出，接收成為下一個季節的統治者。

金黃色甲蟲又在整個夏天吸食紅棗子樹結出果子的蜜汁，培養出肥美的軀體，預備成為電力蝙蝠轉化成電力最好的養料。

四季的勢力是如此奇異地維持著均衡的秩序。

圍繞著紅棗子樹，以它作為中心點，開始，結束。結束，又開始。

4

這個世界的中心點，沒有壯麗的奇觀，也沒有令人感動流淚的紀念碑，只是一棵比周遭的樹更高的紅棗子樹，不過是一棵平淡無奇的植物而已。

它的枝幹、樹體、與結出的果子，甚至經常被附近居民所利用，鋸斷枝葉燃燒驅蟲、捆綁招牌、將電線固定在樹幹上面、將果子採下來吃。

這棵紅棗子樹，其實已經死了，有另一株植物的鬼魂附在裡面。

樹的死，我有不能逃避的責任，不能把被引誘來當作藉口，是我的好奇心造成的災害，但這個祕密只期望妳幫我保守。

好吧！我承認。

當我辨認出紅棗子樹就是我從妳的書桌上偷偷取走的同一種植物時，我為它感到無比同情，今年的最後一顆果子被攀爬在樹上的人採走。

在周遭各個不同樹種的環伺下，紅棗子樹想要繁衍後代陪伴的能力被人類的食慾剝去，我將那顆作為我的畫像中我的眼睛，紅棗子樹的果實種子，埋在紅棗子樹的根部旁邊，自以為是為它繁殖的意志略助微力。

結果，在紅棗子樹吸收土壤裡的水分與養分時，埋在根部附近，原本是紅棗子樹的果實種子顯露出了它的真面目。

實際上，它是一顆橡膠樹的種了。

橡膠樹中的橡膠善於流動變形，橡膠發出的氣體令人產生幻覺，有時，橡膠甚至會拋棄自己的實體，完全以鬼魂的狀態讓自己成為幻覺的本身。

橡膠樹的種子先變化成液態的形式讓紅棗子樹的根部吸收，使紅棗子樹發生幻覺，就如同我在避難的夢境中所經驗的一樣，它變形成紅棗子樹的果實種子，並變形成妳住所的情境。

後來我明白，那不是妳本意，完全是我被施與的幻覺。

至此，紅棗子樹的神智進入了幻覺的迷宮，就找不回原路了，永遠進入迷幻的世界。

我只有告訴妳，永遠不能讓別人知道這個祕密。

不能讓人知道它所能帶來的幻覺，並知道它的幻覺與最真實的夢境是如此輕易相連，它能夠從夢境中修改真實世界，國境與邊界將不再有用，敵人與敵人之間將可輕易的利用這個通道侵略與占領。

橡膠樹已經代替了紅棗子樹占領了紅棗子樹的軀殼，是我的好奇心所造成。

以紅棗子樹為中心點，季節的秩序也因此發生了不正常的變化。

假冒紅棗子樹的橡膠樹，也假冒了紅棗子樹不停地結了許多果子。

食用紅棗子果實汁液的金黃色甲蟲得到了大量的食物來源，繁殖量也大為增加，不像以往數量的自然消長，族群勢力分外壯大，一次次地趕走了飛來取代換季的電力蝙蝠。

我說過，我已接連度過六個夏季。

在三個月一次，夢中避難的集會結束前，人群中總是一再地傳來嘆息。

我觀察到紅棗子樹，假冒的橡膠樹近來常常不小心就顯出本來的習性，結出橡膠樹的種子。甲蟲的身體在解剖之後也發現充滿橡膠的成分，難怪電力蝙蝠吃下之後造成體內電力系統的阻塞，因而死亡。金黃色甲蟲新生出的幼蟲幾乎要吃掉所有植物的葉子，失去遮蔭，不管白天或是夜晚，都是那樣地熱。

前幾天的某個午夜，我帶著火把去把那棵樹燒了，也連帶燒死不少在樹枝果實上覓食的甲蟲及甲蟲的幼蟲。

那一夜也正當是決定我們是否必須要繼續進入第七個夏季的關鍵一夜，大火燃燒非常久，在天亮前，我看著整棵樹成為灰燼。

天色亮起，居民陸續甦醒，他們都是哼著歌曲迫不及待地醒來，推開窗，看見天空泛出橘紅色，每棟房子的屋簷下大多倒掛著幾隻紅色的電力蝙蝠。

人們都知道了怎麼回事，是秋天終於來了。

假冒的橡膠樹被燒死前，像掉眼淚般落下了許多種子，都被我再集中燒掉了。

附近的居民自願提供了尚未被食用及乾燥保存的紅棗子果實種子，重新在原地種下，在紅棗子樹成長完成前的這段期間，不知將還會經歷過幾個特別延長的季節，我無心去推算，但別再是夏天，這樣就夠了。

08
大象

1

我的大象。

是我曾經居住過的集合式公寓，並不是像有些人們為他們心愛的器具或物品所取的暱稱。

一群大大小小的樓房組成了我曾經短期移居過的社區，社區外圍築有一道幅度寬闊的圍籬，圍起一大片半個人身高作為大象食用的草地，也預留下了未來繁殖新生的樓房將要占用的空間。

牠們是被圈養的一群大象，不同於某些在垃圾場被當作起重機使用的品種和將貨物馱在背上替人搬運的象，或也有某部分是比一般人稍微高大的人形，像是我過去的鄰人，不同的是，我住的是那種會長成相當巨大，身體內部有許多隔間，作為公寓住宅的象。

每天早晨鋤草人會鋤開房屋周圍那些長得太快的草，在社區中開闢出一條條連通樓房與樓房間及樓房與社區外的便利通路。

最初，我選擇住進了一隻簇新而乾淨的小象。

隨著時間累積，小象不停成長，樓房漸高，樓層從低層向上成長，使我居住的樓層有時突然被推高，每隔幾週就被迫必須更新我的住址以免收不到信。

不過相對於居住於其他高齡的象，常常要面對鑰匙孔積存著長年的汙垢難以轉動門鎖及老舊蛀蝕崩塌的困擾，我仍慶幸我所遇到的只算是細小的麻煩而已。

但是不久之後，卻反而遇到了更大的麻煩。

我曾在年輕的時期感覺到體內有些部分是自己所不能控制的，像是病，像是愚蠢；癢可以忍受或是憤怒可以消退，但要壓抑不能總想到色情的事也許就會有很大的困難。

我所居住的那隻逐漸成長的小象也是全然的與我相同。

當大象進入發情時期，住戶必須趕緊從生殖器官那一帶搬離到其餘無關緊要的部位，最好是在背脊附近，不幸的是我警覺得太晚，等到我向樓房的管理員申訴也無益於改變那些早已被占滿，平日因背對日照面而無人聞問的空房。

我住的那棟樓房日漸與另一棟樓房靠近，直到兩棟間幾乎沒有空隙。

根據我的回想，整個生殖季節我的房間日夜不停地搖晃，即使家具用黏膠固定著，每天仍不斷會破掉些什麼。

2

公寓的住民混雜，好人、壞人、動物、介於蛞蝓與橡皮間的物種，共同在大象的體內通道間比肩穿行，昇降機與螺旋梯，內分泌腺，血管與內臟器官之間，並分別進住入大小不同的房間。

眾多生活習慣各自不同的居民集合在同一棟裡公寓居住，相遇與互動的機率，要用複雜的數學程式才能計算出當中複雜的組合，而這個計算結果的解答也正是公寓生活中困擾的總合。

無法選擇的鄰居，通常就是無法選擇的困擾根源，過多的困擾總合起來，往往我們所住的大象也會因此而生病。

例如有一陣子曾經出現占據昇降機的人，在他被管理員制服前，據說已有幾個住在高樓層的居民因為被迫爬上幾百階樓梯，過度勞累而死。

管理員原本就是大象體內的器官之一，屬於免疫系統的一部分，但是也如同大象悠長的生命週期那樣緩慢的運作，問題發生後管理員總是要過了很久才會出現。

還有由遠地旅行到此的修行者將自己封閉在公寓樓頂的水塔中修行，直到居民感到食用的水中奇怪的異味，才發覺修行者的靈魂已經成功地升天，但是他卻忘了帶走浸泡在水塔裡腐爛的肉體。

另一層樓，有一個母親每日思念自己死去的孩子，眼淚如浪潮般，隨著記憶中孩子作息起居的步驟排出，浸濕地毯的眼淚，蒸發成一股悲哀的氣息。

有天黃昏，當我開始看到陸續有人影掠過我的窗外落下，我先是懷疑起一則傳言，傳言說乾旱期時大象會用牠的腦波誘導身上的住民跳樓自殺，藉以為自己身邊的草地製造出肥美的養料，但畢竟現在還是牧草繁茂的濕季。

我禁不住懷疑起那個死去孩子的母親，自她房中蒸發出的悲哀氣息，已經透過空調系統瀰漫在整棟樓房中，說不定我也是因此而在黃昏時不知不覺地靠近了窗戶，也許在下一時刻我也會成為如我所見的，像下雨那樣，人與人的寵物、人與他們心愛的物品、人與他們愛與恨的人，陸續墜落到地面。

屬於大象免疫器官的管理員是否也因這股氣息而使他停頓了機能。

這些異常的事件實在不宜發生在發育成長中的公寓身上，由經常可見大象嘴邊流溢的嘔吐物與皮膚病狀可見。我想我住的公寓可能也因此而比其他同年齡的公寓瘦小了一點。

這種病狀若不幸發生在母象的懷孕時期，多半會產出畸形、內部錯亂生長的小象，生出後便會立即遭到拆除。

我決定遵從我所自認為的徵兆，搬離這樣危險的場所。

3

數天後，當我要離開這棟公寓的同時，正好在公寓門口遇見了負責放牧這群大象的馴牧人。

「很抱歉，我來晚了，我必須同時管理數個牧場。」

我卻發現馴牧人的眼光是越過我而望向我身後，顯然他並不是在對我說話，而我身後的正是那些多日以來已經堆成一片小丘的那些墜樓的人們。

「我會儘快清理乾淨的……。」

「不過，看來您正準備要搬走……。」這時我確定他的眼光開始朝向我。

「從風向判斷，我顧慮的大概沒錯，這隻象快要成為傳染病的病源了，我將帶這隻象前往內陸十公里的深水湖清洗。沒錯，那裡也還有幾隻來自於不同象群的大象浸在湖水中洗澡。」

馴牧人獨自說著。

「過去也總是這樣，總會有這樣的事，洗完就會好多了，不會有傳染病了。」

我禮貌地向他點頭便接著離去。

4

我搬進另一間中古的公寓。

位於社區另一個區域，一隻性情與健康都穩定的母象身上，但畢竟是中古品，難免有需要修補的地方，我並用煙霧除蟲。在整修的那一週內，我不時地接到鄰人的投訴，一時之間，我也變成了過去我所討厭的那種造成困擾的人。

在穩定地居住在母象一段時間後的某一天，我收到一封信。

這封信使我突然想起，居住在穩定的母象使我已許久未曾更改過我的住址，也讓我想起我過去曾居住的小象。

是馴牧人寄來的一封信，馴牧人帶給我一個不幸的消息。

過去我居住的小象，於深水湖清洗後並未好轉。那個過於思念死去孩子的母親，拒絕馴牧人的驅趕，她執意將自己反鎖在那間帶有她與她的孩子回憶的房間，於是整棟房子，便連同那個母親，一起浸入深水湖中，她用了所有的床單將各個縫隙密封得很好，絲毫沒有滲入一滴水，但是幾天過去，深水湖中的低溫也使得那個母親越來越冷，她點燃了煤炭爐取暖，卻不小心引燃起自己的頭髮，然後整個房間也燒起來。

這是一樁不可思議的災害，一棟浸在水裡的房子失火。

公寓並未因此而燒毀，但這項災害卻間接引起那個房間所在的部位開始腐敗，潰瘍的部位漸漸從四周擴散，原本已經不健康的管理員在火災之後變得既兇暴又神經質，以至於把所有前來救治小象的醫療人員全都當作入侵的病毒啃食消滅。

馴牧人通知我，救治無效的小象最後決定拆毀，在拆毀後的殘骸中清點出許多無人領取的物品，因為我是過去的住戶，在他看來似乎把這件事當成好消息在提醒我，也許馴牧人認為我會樂意去領回一些物品。

5

有天夜裡，那又是在一段時間之後。

深夜裡我在汩汩的水流聲中醒來下床察看，腳踏地板感覺腳立刻濕了，然後才看到整個房子的地板上都是水，我好奇的走出房門勘察，房門外的走廊上也都是流動的水，並沒有任何消防的警報，難道是深水湖中。

「不可能。」

我聽見晰晰唆唆的語音，順著聲音走，聲音來自廊道盡頭的螺旋梯下方，繼續跟著，聲音更像夢境中的囈語，走下層層旋繞的階梯小心腳下濕潤的梯面。

是我逐漸聽懂了囈語的原因嗎，我的腦中竟出現臍帶般的想像。

再走一會，階梯逐漸平緩通往一個寬闊的房間，水流也向房裡聚集，我傾身向燈光昏暗的房內窺探，看見延伸自大房間內的階梯確實演變成如臍帶般的蜷曲，末端連結著一個隱隱約約浮現的幻影，在漸漸積水的房間，昏黃的光是幻影發出的亮度，幻影呈現出一個我不陌生的形體，是那隻已被拆毀，我曾住過的小象。

忽然間我已能會意到這兩隻象的關聯。

是否是思念形成的幻象，母性都會產生奇妙的本能呢。

記得那時我並未將馴牧人的信朗讀出來，也許是母象攝取到我的腦波了。自走廊聚集到大房間的水流，是起因於母象意圖重新孕育思念中的幻影吧。

09
十指東路

1

深紅飯店—

我極少到這家飯店用餐，原因是它也不常營業。我對這家飯店感到奇異但不陌生，店主是位恭敬有禮貌的廚師，卻還是無法掩飾過它是一間衛生不良的飯店。

食物的新鮮程度確實與材料的流通頻率有關，對於一家不常開張的飯店，更要特別地小心。

不過，每當看著菜單上色澤豔紅的圖片時，仍無可避免地被誘發出一股強烈的食慾，是來自於我肉食性的動物本能吧。

一年中有幾日，月亮距離我們的城市特別近，城外遠方的海水受到月亮強烈引力所吸引上漲高過陸地，海水逆流湧進城裡，低地的巷道變成了溝渠。

我所居住的街道，海水自排水孔溢滿到馬路上，屬於海岸附近生長的水中生物也被海水帶來，所有的水道都泛著深紅的顏色。深紅的顏色來自於這些生長於海岸的紅色動物與紅色植物以及幾種介於兩者性質之間的混種紅色物體。它們聚滿了水裡，爬到僅剩的乾燥路面，甚至侵占水面以上垂直的牆壁。

善於烹飪的廚師，正好利用這個物產豐盛的好時節展現專長，運用伸手即可輕易獲取自門外、自窗邊溝渠的食物材料，做出了整套美味的紅色餐點。

2

原本還應該是濃霧遮蔽的季節，月亮提前接近，潮流也提前來了。月亮接近與引力的強度有關，氣象預報人員以肉眼觀測的尺寸計算，月亮的尺寸與潮汐的高度有一定換算的公式。

深紅飯店是位於一艘鐵殼船上的漂流飯店。我習慣上總在某個日期就直接來到這條路的路口，那座掛滿裝飾燈飾的天橋上等待，潮水會上漲到一定的高度，深紅飯店如期前來，然後在順著退潮漂回外海之前將食物賣完。

但是這次潮流的提早，卻也意味著深紅飯店的到來會在我早已安排好的日期之外，我將因此而錯過這次的餐宴。當我自遠地趕回來時，飯店似乎早已準備結束這次的營業。

我所預定的宴席被取消了嗎？

「不，並沒有。」

我匆忙地踏進店裡的同一時刻，店主恭敬地在門內等待，並適時回答了我。

3

看著桌面上排放著幾把形狀奇異的餐具，我知道我將不會得到事先預定的餐點。

事實上，過去我也很少真正吃到事先預定的餐點，但是店主總還是不免俗地，仍舊事先郵寄了菜單給我。

那一本厚重的，與其說它是菜單，不如稱它是一本生態圖鑑，內容記載了過去於海岸曾經發現過的種種生物，但多半只能參考用，因為即使點了也不一定捕捉得到，甚至每年還有發現的新物種，都將只會登錄在明年的新菜單上。

新物種出現，卻也因此常常造成生物學家與廚師相互搶奪的事件傳出。

我總將引起我強烈食慾的那幾張圖片撕下，全心祈求能夠如願品嘗，並在餐桌上保留幾天之後再郵寄回給飯店的店主，完成我的點菜手續。

4

深紅飯店。就像店名所表示的，我不禁回味起過去所吃過的那些有趣的餐點，那些全套深紅色的各種美食，沒有一樣不是。

燉鯊魚的下顎嗎，還是長得像狒狒屁股的水母。

吸血牡蠣的前菜還沒有吃完，還有閃爍紅光的爬行水藻和受到驚嚇就自動發熱變熟的螃蟹。液體章魚的紅色墨汁是內臟器官最好的潤滑劑，以及產過卵之後雙腳會自動脫落的快跑鮭魚，牠的卵更是不能錯過。海兔的紅眼睛抽出的血絲。嗯…是否還有機會品嘗從海膽的鼻子流下鮮美的黏液，但是若忘了摻入這間店最著稱的，自鐵殼船身刮下富含鹽分的鐵鏽加以調味，便會覺得遜色許多。

用海底火山灰代替吧。

只是糟透了！

甜點，一定要包括甜珊瑚。

當我看著桌上那些不知如何使用的餐具，以及旁邊早已清理完畢準備收拾起來的餐桌椅，顯然這不是發出任何問題的好時機。

店主卻說，我為我的早到感到難為情，幸運的是，除了你之外，同時也並沒有其他任何客人如期光臨，為此我屯積了大量的食材。

店主繼續解釋說，飯店附近的通道都圍起了禁止進入的標誌，沒人能進入兇案的境場。

是的，就在來到店門口的天橋上⋯⋯

我沒有聽完店主的說明便緊快回想，大概是匆匆忙忙吧，加上季節的濃霧使我沒有注意到禁止標示的存在。

「別管預定的菜單了，您願意讓我請客，盡情享受我為您調製豐盛的餐點嗎？」

盡情享受？是啊，我是應該接受並且純然地享受。但往往，我卻並非如此⋯⋯

我總想著得到一些額外的事，想為了我不曾去的海洋，改變身體構造嗎。或是在充滿熱情的求偶季改變膚色，增加生殖的誘惑力呢？

我曾人膽地嘗試過，令我印象深刻的電鰻，那是源自於一則謠言。我強烈要求一間餐廳的廚師為我烹調，當一隻仍然活生生的電鰻端在桌前，我懷疑這樣吃的危險性。

當然不是這樣的。

廚師一邊用戴上橡膠手套的雙手抓住電鰻的頭尾，一邊自信地回答我。

接著，廚師熟練地將電鰻的頭尾接在一起，瞬間電光閃爍，電鰻因自體短路很快就熟了，浸膩在醬汁中還吱吱作響，我吃下時，電鰻的肉在我體內發生自燃，從內向外發出電光使我的身體變成半透明，在公共場合足足尷尬了五分鐘呢。

而我，終究獲得了眾人的目光。

5

有人向店內走進來，一陣推門觸動的鈴聲打斷了令我尷尬回憶。

「真是不正常的現象，漲潮提前了好大一段時間來，不是嗎？」

對於這位剛走進門就主動向我攀談的，全身黑衣黑帽子裝束的人，我並沒有反駁的意思，實際上更無意理會他。

「你注意到了嗎？近來總是滿月，感覺月亮也靠得比較近呢，它好像懂得穿過濃厚的烏雲繼續發光，這個季節原本不是應該總是布滿濃密雲霧，就算白天也和夜晚差不多嗎？在這種天氣裡守候著兇案現場，肯定是要拿出十倍的注意力才行哪，以免遺漏了兇手忘記帶走的線索，或說不定有十個受害者都想回到這裡來找回自己的手指頭。」

他的話題引起了我的注意，而我更注意到的是飯店的店主特意側耳傾聽黑衣人的話語。

「我得特別集中精神注意著，甚至早已準備好了十個檔案夾。」

我也注意到黑衣人的視線特別集中在我的雙手上⋯我纏滿了紗布的雙手。

6

服務員送上第一道菜，擺放在我與黑衣人的中央。

看起來很好吃，是醃漬多毛海星做成的前菜，我邀請黑衣人與我同享食物。

顯然是因為我的雙手上纏滿了紗布引起了他的興趣，原來黑衣人是一位偵探。

「我在這裡駐守辦案，連續幾天不吃不睡都沒離開，我餓了，正打算進來吃飯，卻順便讓你招待了。」我們互相引起了對方的好奇，我請偵探告訴我，十根手指頭的案件被發現的過程。

是清潔隊員最先發現的，它們被暫時收存在木盒子裡，我必須保持現場完整，你卻闖入了警戒線。

偵探看到我手上包紮了紗布，認為我就是他所等待的對象。

「我的手確實是受傷了，那天剪指甲時，剪刀蟲突然兇性大發，把我的十根手指頭都剪斷！」

開玩笑的，不過剪指甲受傷是真的。

我們開始能夠輕鬆的交談，這時才注意到我們面前的桌上早已擺滿了服務員送上來整套紅色的餐宴，我們卻因為只顧著談話，所以一口都還沒吃。令我意外的是，這一桌的食物居然開始使我的食慾迅速消退。

店主正端上他所聲稱的最後一道菜，沒有例外，從頭到尾每一道都是各種海星所做成，卻特意模仿成其他生物食材的樣貌所做成的菜式。

模仿的海馬鰓紅、羞怯的海帶嫩芽、蝦頭填滿了迷幻海蛇的腹中一同悶煮的濃湯、模仿鯨魚嘴唇做成的肉排。

「可惜…模擬得不夠像。」

斑節海星、豹皮海星、字母海星、鉗子海星、尖叫海星、酸性海星、火燄海星…全都被我輕易地辨認出來。

但店主似乎並不打算對我們承認。

滿桌的食物仍然讓偵探感到滿意，我卻因店主的分心而感到失望，顯然他因為太過專注於側聽我與偵探的談話內容，而忽略了烹飪時該有的技能。

「你有偏食嗎？」他問我。

你大概才餓壞了吧。

我正想趁機打量著偵探對飲食的分析能力，偵探見我尚未打算開始用餐，禮貌性地向我招呼。

偵探要吃了嗎？這是我今天已經決定不做的事。

我觀察到，或許他對味道遲鈍，卻善於分析使用工具。

偵探將不知名的餐具插入食物的胸腔部位，當餐具第一個關節折彎到正確的角度，即可折動第二個關節，然後旋紐時要帶有節奏性。

燉煮過的人體海葵肉幾乎輕輕一碰就破碎，他卻能精準將骨肉，神經血管分離。

「嗯…職業技能，從兇殺犯人身上可以學到很多事情。」

店主上完全部的菜，便揹著雙手，不停在我們身後圍著圓桌繞來繞去。

我正在思索要如何委婉地對店主提出質疑。

「好吧！我承認是我的手指，還給我，讓我裝上吧！」

店主繞到偵探身後，突然伸出像圓球一般沒有手指的雙手，大聲說。

我與偵探對話被打斷，我一時之間不瞭解店主的意思，但卻看到坐在對面的偵探被這句話嚇一大跳頓時失神。他的這一餐的第一口食物，從仿造的烤海象胃部舀出滾燙的肉湯，忘記吹涼就直接吞入喉嚨中，一時之間，偵探緊閉嘴唇漲紅了臉，我為他感到難過。

7

爆炸。

這時從飯店的外觀上看來確實是如此。

從事後的新聞報導中才知道，這件案子，到這個時候也才開始引起了城市居民的注意。但是所有人還是把焦點關注在爆炸的威力上，因為噴射的火光讓城裡的居民誤以為是在施放慶祝的煙火。

先從飯店外觀損壞的程度說起吧。

剛開始，破了幾片玻璃。

這時正當偵探突然被店主的話嚇到，吞下一口熱湯，偵探的耳朵噴出一股熱風，使得飯店中那些原本有裂痕的玻璃都破了。

「不能信任，我要徹底檢查！」偵探隨即站起來快步蹬到我面前，從口袋中掏出黃色的封鎖繩帶，將我與滿桌子的食物用黃繩帶隔離開來。

「不要進來，很危險的。」偵探繞了一圈將自己與桌上的食物都圍在繩圈內。

偵探跳上桌面，一盤腿就坐到那食物堆的中央，開始大口大口地吞食每一道菜。

偵探的頭部脹大，臉上長出幾根觸手。是那些海星，我還以為是食物過敏的反應。

隨著偵探吃下的每道食物，偵探的身體就接著產生變化，他的皮膚陸續長出字母形狀的紅色斑紋，豹皮的斑紋、紅色的方格子、圓點⋯

「這個有毒嗎？那個沒有毒！⋯⋯」

偵探繼續大口吞食，他的身體脹得更大又有更多更長的觸手從身體各處長出來。忽然，桌面重心不穩偵探整個後仰，翻倒在地上翻滾了幾圈撞到牆才停止。

飯店的牆壁迸裂，窗框整片掉落，偵探又繼續撲上倒得一地的食物堆，繼續吞食。

偵探身體膨脹把衣服撐破，他發出一陣尖叫聲，是太辣了嗎？這不是水母甜糕嗎？喔！是由尖叫海星模擬做的水母甜糕，偵探無法停止尖叫痛苦地用身上的觸手捲起四周的物體往外甩，許多桌椅、櫥櫃、廚房的鍋爐都被摔破牆壁摔向店外，店主仍揹著手，在一旁鎮定地閃躲。

飯店的內外觀差不多都已經殘破不堪。

「好的。」我說：「我們慢慢來。」

看著暴怒變形的偵探，我只能站在他身邊試著以舒緩的情緒感染他。

「你剛剛已經踩扁了飯店的服務員，你必須更小心一點，別把我也踩扁了。」

「慢慢來，再更慢一點……」

再有任何小小的辯駁也會輕易地激怒偵探，偵探太常面對謊言，他的壓力積蓄到了極限。

店主仍不放棄說服偵探的希望，跑到偵探面前揮動失去十指的雙手。

「快給我，我買了十顆鑲了鑽石的戒子等著迎接我的手指們回來呢。」

「不可以說謊！」偵探憤怒地說。

「因為十隻手指都是一樣的，你不可能同時擁有十隻同樣的食指！」

偵探將最後一道菜整盤吞下，身體變得更大，終於撐破屋頂。

最後那道菜也如實反應在偵探身上，他變成一隻肥大並有數百隻觸手的大海星。觸手末端開裂的鉗子開始噴出火燄，觸手被噴射的力道帶起甩動，飯店店主被落下的天花板掩埋，我只好跳下船潛入水中避難。

8

我在水中等待一陣子，水溫早已超出熱水澡的程度，往上看見火光停歇，我爬上岸，也就是剛來時上船的那座天橋。

仔細觀察鐵殼船身大致完好，船上的飯店建築變成了廢墟，天橋與水面散落著似曾相識的建築殘骸。我在船上的廢墟中分別找到了意識不清的飯店店主與昏倒的偵探，幸運地，偵探恢復了原形。

全身衣物破碎的偵探赤裸身體倒臥在廢墟當中，身旁只剩下那頂黑帽子，我撿起黑帽子拍拍灰塵想要幫偵探戴上，卻從黑帽子裡掉出了一些東西，手套、時鐘、望遠鏡、鉛筆和一本記事冊。

記事冊是偵探的辦案日記。

翻開日記，上面只記錄了幾項簡單卻重要的線索：

◎十隻手指都經過X光的檢驗，骨格完整沒有異常，傷口整齊。

◎十隻手指都在天橋上的灌木叢下發現，在發現手指的灌木叢上，葉片中間出現許多可疑的洞，洞的形狀是兇手特意留下的記號嗎？

交由解碼專家辨識。

◎每日早晨打開收藏手指的木盒，在手指傷口附近都會發現多顆不明顆粒狀物，必須化驗。

◎近日以來，附近住宅的窗台與屋簷下聚集了大量的鳥類，或許與案情無關，原因不明。

9

飯店店主最先清醒。

我立刻逼店主承認，為何會失去手指。

不不不！我一點也不想講，事情有點複雜，有點像是當你強迫一個人去做他不願意的事，而他不配合的情況……不過，還是講一兩個好了。

像是……猜拳輸了……。

還有一次一隻蜜蜂飛進我的耳朵裡，我要伸手指將牠趕出來，可是手指卻怕被蜜蜂叮到不願伸進去，於是我生氣地用剪刀將它們剪斷。

又有一次，為了要否認我的謊言，我想要將揹在背後的手指交叉，手指不肯，然後我又一氣之下將那兩根手指咬掉，沖入馬桶裡。

接著還有不願在翻書時舔手指沾上臭口水、釘釘子總是釘到的那一指、不願挖鼻屎而反抗我……我叫他們統統滾開，他們竟然真的陸陸續續脫落，最後我的手指終於掉光了，都怪我自己脾氣不好。

我的客人越來越少，不知他們是否因為懼怕我沒有手指的樣子，我也想不通。

不是這樣的，我認為他沒有想通的是，失去手指對廚藝所帶來的影響。

過去的一次，我曾經預備了大量的食材，卻沒有半個客人來光臨，最後只好將腐壞的材料丟棄倒到海裡，我去遠洋巡遊了一趟回來，預備沿著進城的航道捕撈，意外的是，之前被傾倒進海中的腐敗食材，竟又再度落入我的捕魚網中。

是天意嗎？我想是我與它們的緣分吧，我也就試著運用它們開發新菜色呢。只不過腐爛的東西通常十分脆弱，運用在醃漬物與醬汁中比較適合。

也許你看見了這次的潮流帶來了大量的各種海星，我也必須告訴你，近來海星異常繁殖，河道與溝渠中幾乎看不到別的生物，全都被海星占滿了。

哎呀！不是嗎。店主解答了我的疑問，這正是我剛才潛入水中避難時看到的景象。

「我盡力了。」

真有意思，你居然能利用各種海星去模擬各式各樣不同的食物，只可惜⋯

「是啊，我明白，我在一天之內將一年的謊話都說完了。」

從偵探保存手指的木盒中傳來咯咯聲。

打開盒蓋，我看到的竟然不是手指。

原本不是應該有十根手指嗎？不對，看樣子還是那十根沒錯，但是卻都包紮上了一層紗布。

有幾根開始扭動，接著另外幾根也是，扭動的手指出現滲出紗布的血跡，血跡渲染開，從血跡中迸出一道裂痕，然後裏著紗布的手指整根裂開。我靠近看，從裂開的手指裡爬出一隻隻皺巴巴的東西，牠們有幾根細長的腳，頭部兩道捲曲的觸鬚伸展開來，背部兩塊皺折扭曲的膜注滿體液撐開，樣子漸漸明顯了，是翅膀，而且是長得像人的手掌形狀般的翅膀。

太奇妙了，是不曾看過的蝴蝶，手指形狀的毛毛蟲蛻變成手掌形狀的蝴蝶。

難怪偵探的日記裡記錄著這一帶聚集了許多鳥，原來是為了覓食而來。

又再過了一會，風將蝴蝶的翅膀吹乾，響起啪！啪！啪！的聲音，十隻蝴蝶拍動像手掌的翅膀，拍拍手起飛。有一隻慢點稍微脫隊，先停下在昏倒的偵探鼻子上，然後再又拍拍手飛走，可能是蝴蝶翅膀掉落的鱗粉讓偵探鼻子發癢，偵探打了三個噴嚏醒過來。

10

偵探醒來。

「不新鮮的食物果然不太好。」

「當我警覺到飯店主人的謊言，我懷疑他會用有毒的食物讓我們昏迷，好趁機搶奪證物將十根手指頭據為己有，我便啟動了身上的分析功能。」

「真奇怪的功能，任何人不必費力猜測，都可以看的出你吃過了什麼東西。」

噴…數百隻不同種的海星。

「腐敗的東西特別容易令我脹氣，所有的化學成分都會還原並忠實地反應在我身上，火山灰就讓我格外暴躁。」

「幸好你沒有跑到街上去，飯店被你拆得連一根柱子都不剩。」

我翻查遍了各種書籍資料，就是沒想過去查一查昆蟲圖鑑。蝴蝶飛向遠方的天空，物證飛了，無法結案。

「就像你的變體一樣，你可以理解吧。但是我會幫你作證，那是自然現象，昆蟲的天性。」

大家白忙一場。「蝴蝶不停拍拍手是在嘲笑我們呢。」店主說。

偵探撿起從黑帽子中掉出的望遠鏡，邀請我與他一人一隻眼觀看─我的左眼與他的右眼。

據我所知，我的左眼非常願意為它所見的幫你作證。

「蝴蝶要飛向哪裡？」應該是發光最亮的地方。

「等等！」我叫住偵探。「你的右眼看見了嗎？我的左眼看見了。」是啊！是啊！月亮正移動到我們背後的頭頂，我們共同轉身，從望遠鏡中看見，蝴蝶拍拍手朝向發光的月亮飛去。提高放大倍率追蹤蝴蝶卻發現：

「它果然如我猜測的，是一顆⋯」偵探猜的沒錯。

一顆假冒的月亮！

飯店的店主也接過望遠鏡往上看。「看起來不過是一顆普通的大石頭。」

「但是上面長了許多長長的植物。」我補充。

「看來植物的花朵是具有黏性的，我看到拍拍手的蝴蝶停在花朵上吸蜜，蝴蝶的嘴一不小心就黏在花朵上面。」

是捕蟲植物，其他的蝴蝶也是。那些蝴蝶雖然被黏住仍在不停拍動翅膀，於是……

「大石頭就飛起來了！！」我們同時興奮地說出答案。

店主彷彿忘記了剛才的苦惱。

「真是有趣啊，毛毛蟲雖然長得像真正的手指頭，終究要變成真實的蝴蝶飛走。再見吧！那時如果我要勉強裝上去，現在可能就會突然多了太多手指頭而變得很奇怪，甚至還會不停地拍手。」

「會是一個很好的觀眾呢，呵呵……」我笑店主說。

偵探臉紅著看著深紅飯店的店主：「真是抱歉，你的店被我弄壞。」

「不！不！不用賠償，因為我先說謊。我有很多時間可以慢慢將飯店重新組合，更何況在下次潮汐來臨的時候，如果真正的月亮再引起新的潮汐，我會忙不過來，希望你們暫時別再來光臨，我也將繼續停止營業。」

10 垃圾堆女王

1

「這一夜多麼光亮呀…。」

統治著垃圾山的女王，倚坐在高聳入雲的山頂上的寶座瞭望夜空與垃圾山下的城鎮獨自喃喃自語。

咯咯咯…「…冷……」

才自口中出一個字，女王的身軀就被自周遭不知從哪些角落飛出的蒼蠅一擁而上覆蓋起女王脖子以下的身體。

女王原本只穿著長及大腿的黑色高筒靴及黑色的長手套，其餘身體的部分全都裸露著。

「諂媚的傢伙們，別隨意打斷我的話。」

其實她還是有說話的對象，至少有一群蒼蠅，只不過蒼蠅並不會回答她什麼。

「不過我很高興因此而不曾感冒，你們也很明白統治這座垃圾山是多麼需要小心注意健康，所以我決定…」

女王用手抓起一把身上的蒼蠅：「我現在任命你們做地瓜品質調查部長。」

又抓起一把在座位前堆成三角形：「我任命你們做垃圾山防衛部長。」

女王伸手拍落脖子上太靠近臉的蒼蠅：「你們，意圖遮住我的美貌，罰你們驅逐出境！」

夜晚。

天空落下流星雨，還未燃燒殆盡的流星直接落入城鎮中，街道在黑暗中閃閃爍爍，樓房被擊中爆散出火星。

「人們愚笨地認為流星可以用來許願，但是他們真正得到了什麼了呢。」

難道人們的願望是讓自己的屋頂破一個洞？

「這是宇宙中水晶星的王子送給我的求婚禮物，那都是我的鑽石呀！我以為我早被遺忘，但終究有人記得我，不然連我自己都快忘記自己了呢。」

女王確實幾乎快忘記了自己，她回想不出任何自己的過往。

「我曾經寄望自別人的記憶中拼湊出自己遺忘的人生。」

女王隱隱約約還記得曾經參加過一個葬禮…。

「葬禮不僅是為了哀悼某個人，並也是為了向那個在彼處即將永遠被遺忘的我，向死亡者記憶中的那個我的道別，而我永不確知我曾以何種方式被記憶在他腦海中。事實上我並未全然記得我的生平。」

葬禮上的女王貼近死者的遺體周圍嗅聞極力想從死者的皮膚毛孔吸吮出他記憶散逸的餘跡收集屬於自己的殘跡。

不過聞到的就只是像臭垃圾堆的氣味，也許令她從此了適應這類的氣味。

「據說人會與儲存的記憶同化。」

藉著向周遭的人探聽那人生平活動的各種線索，到底能獲取多少足以拼湊出某些被遺漏的片段呢？

「奇妙的是，我探訪過去世者的親人，據他們形容某段期間死者平日的語氣及動作竟酷似於我，但在夢遊時卻才顯現出他本來的面貌，甚至他與親友才認得彼此，並能正確地談起過往的話題，真正如傳聞所說受記憶同化所影響。」

「只不過這些終究只是雜亂的片段，還是令人聽來難以感覺到切身的真實感。」女王顯出哀傷的表情。

「真殘酷。一個忘記了自己也被別人忘記的人，就會徹底地成為不存在的人。」

所幸大群蒼蠅像是在與她對話一樣發出擬似語言的嗡嗡聲答應，假如連垃圾山的蒼蠅都不附和她，女王恐怕才會真的完全消失。

她明白自己注定如同垃圾，垃圾山就是所有被記憶拋棄的事物最終聚匯的場所，而萬物最終必定逃脫不掉來到這裡的命運，大部分是死掉的或破破爛爛了，但她是整座垃圾山唯一活著發覺這件事的人。

瞭望四周，她發現沒有其他任何一座垃圾山比得上她的垃圾山壯麗。

「一點也沒錯！所以我不只是統治垃圾山的幻覺女王，我也是世界的女王！哈……！哈！哈！哈！……」

2

當自己成為垃圾之後，女王漸漸明白垃圾的真諦。

「如果所有事物都能正確地擁有那個屬於它被需要的時機，那垃圾就不會成為垃圾了，當人們拉開抽屜找不到要找的東西，卻反而將翻出的許多不需要的東西而當成垃圾丟棄，所謂的垃圾也許只是一些出現時機不對的東西罷了。」

「那也別誣賴是抽屜吃掉了她們要的東西呀！」人們甚至生氣得就將整

個櫃子丟掉，連同抽屜與裡面的所有不需要東西一起。「好悲傷，這些可憐的東西…」

女王的寶座是由一堆抽屜櫃層層疊成。

「真正對垃圾該感到罪惡感的，不見得是當初製造出那樣物品的製造者或丟棄物品的人，而也許應該是那個遲來或過早到使得與這些物品無法適時相遇的那個本應擁有的時間點。」

「也許有人會惡狠狠地認為那件事物不該遲來或早到？」

當一個物品或一個心意、一句話在製造時是否也曾被想好，接受者會在幾年幾月幾分幾秒後正好在被需要時讓人接收到？

「…這是對被製造出的那件事物的憐憫之心吧。」女王自認這是很了不起的體會。

最早垃圾山的形成是位於城鎮外圍半圓形廣場，廣場中央一座鐘樓上永不準確的時鐘，它總是錯過人們需要它的時候，所以人們也開始將垃圾堆積在那裡。

女王是很久以前在垃圾山迷路，在想攀爬離開時手腳受傷，受傷的手腳腐爛後引來蒼蠅，就像拾荒人與垃圾山互相成為彼此存在的原因，蒼蠅總是沾黏著即將腐敗注定要消失的事物，於是當蒼蠅包圍著一個幾乎要被遺忘的人也不奇怪了。

蒼蠅越來越多遍布了整個垃圾山，以女王為中心群集在她逐漸腐的手腳吸食腐壞的部分，漸漸的當她腐敗的面積擴散後，女王像穿上了黑靴子及黑手套，天冷時更聚集滿全身越像在赤裸的身上，覆蓋成溫暖柔軟的黑色大衣。

「在女王出現之前，蒼蠅才是垃圾山之王，也是不斷阻撓我們的敵人，因為我們競爭的目標都是相同的…。」拾荒人叨唸著。

所有瞭解蒼蠅的拾荒人卻都無法理解蒼蠅為何能與女王共存。

與蒼蠅的本能相似的拾荒人認為所有具有殘餘價值的可用之物，都應該被徹底地妥善使用完畢，但蒼蠅是這星球上最投機的生物，沼氣的影響是唯一可能的解釋吧。

沼氣也使女王忘記腐爛的疼痛。

終日圍繞垃圾山濃厚的沼氣使接近垃圾山的人們記不起自己原來是誰，甚至使死人短暫時間內忘記自己已經死亡。包括居住在垃圾山周圍的拾荒人與每日定時來傾倒垃圾的清潔隊員都經常見到沼氣帶來各種奇異的異象。

受到風向與氣流的影響，每當新的一天開始，每當看見新的東西都會令他們沉醉在其中，遍布漂浮於天空間的巨大柱狀尖刺；空洞海綿方塊；小圓球錐形；大螺旋光環…。

那些人們不知出現的這些東西有什麼用處，雖然他們都明白是垃圾山釋放沼氣對於身體所帶來的影響，但是卻樂於感受在短暫的中毒期間跟隨著沼氣帶來莫名而奇妙的歡欣，全部人短暫地忘記自己的痛苦悲傷，人們只願用自己的方式解釋成是垃圾山顯現的奇蹟。

但那應該是對健康有害的氣體吧。

可是對於這些人來說，忘記存在時無所不在的痛苦悲傷是比什麼都更重要的事。

3

有一夜，女王睡前背對著月光，蒼蠅聚集在女王眠床上成為被子。

女王預備就寢蓋上被子前，自憐地望著自己映在地面殘缺不全的身體投影。

「我的影子又更小了，不知哪一天，我終將會消失……。」

於是隔日女王發出一道命令，要讓她的垃圾山變得更高。

「我的山頂距離天空越來越近，這座山總有一天會高到連上另一個星球，到時也不得不與那個星球的人交往了吧。」女王開始認真地考慮答應水晶星王子的求婚。

水晶星是越來越近垃圾山的那顆星星。

因女王任性的命令而使拾荒人無法繼續在垃圾山周圍拾取可用的垃圾。通常拾荒人將撿來的垃圾背負著如高聳尖刺四處遊走，看起來就像許多在垃圾山旁行走的小山，各種類不同物品的小山。

拾荒人不得已只好轉而往街道上去尋找可用的廢棄物，卻因此與另一群忠實依賴垃圾維生的人發生爭奪垃圾的衝突，那就是街上的清潔隊員。

原本清潔隊員撿拾街道上所有看起來像垃圾的無用之物，自從流星落下城鎮後，接連著幾天，清潔隊員在街上更勤奮地巡邏，許多被流星擊破的建築更被貪得無饜的清潔隊員視作垃圾整棟拆毀，引起街道居民恐慌地為了防止自己的財物被搶奪去作為垃圾，便加速製造出更多垃圾，清潔隊員間也爭相搶奪。

街道經過數日整頓剝除陳舊敗壞的外層卻意外呈現出新穎的清潔感。

清潔隊員還根據垃圾的分類，將垃圾運送至垃圾山後依據類別堆置於不同區域與高度，井然有序地如超市或書店般將垃圾堆放做出精細的分類，使垃圾山遠看形成特殊花樣紋路看來格外美觀。

這件事在拾荒人與清潔隊員間引起爭辯，清潔隊員很介意拾荒人攪亂了排列精緻的花紋。

拾荒人算起來是侵入清潔隊員的地盤，卻反倒譏諷清潔隊員：「有些人自命為藝術家用垃圾製造藝術品，美其名用來裝飾環境減少垃圾，但矛盾的是，若沒有垃圾留下他們有何可做，後來倒是成了美化頌揚垃圾的人，其實不過是獵取奇巧的體裁罷了。」

拾荒人質問：「就像有人設計了一個讓人喜歡使用的垃圾桶，若是為了令人們不要製造更多垃圾，是否應該設計一個令人討厭使用的垃圾桶才對呢。」

但對清潔隊員來說就如同所有宗教建造他們的殿堂般，排列垃圾具有信仰的嚴肅性，而且清潔隊員認為與迷戀毒氣幻覺造成大腦生病的人解釋有些多餘。

「那些製造出垃圾的人用不完、吃不完造成剩餘遺留的，需要適當地有人能夠消耗殆盡，這是最高境界的潔淨，這樣才是高尚地防止垃圾山巨大化無止境蔓延的成就。」拾荒人不在乎輕視自信地說。

清潔隊員感到生氣反駁：「垃圾山範圍不斷蔓延，覆蓋了許多人懷念的記憶，甚至包括埋葬著我母親的墳墓，如果有可能的話，我寧可睡在覆蓋在墳墓的垃圾上面，因為說不定不幸的某一天，當你們正好挖掘到埋著我母親墳墓中的骸骨，便會毫不考慮地拿去綑綁做成窗框。」

拾荒人否認：「…通常不會呀。除非特別適合，否則…」

「比起膚淺的物盡其用，我們更加崇敬與緬懷物質的價值！」清潔隊員像立誓般聲明。

看來互相不認同彼此的雙方；拾荒人與清潔隊員，其實是同樣依賴垃圾山存在呢。

「總之都是在補償人們的罪孽啊…。」雙方最後竟異口同聲感嘆地說。

4

自從蒼蠅取代了女王腐爛的手腳之後，女王似乎覺得遠比原來來得更方便，手腳可以隨意伸長變形，讓自己感到更加神通廣大，她常常分裂出八隻腳靈活地攀爬至垃圾山各處巡視。

有一次，女王循著嬰兒的哭泣聲拯救了陷落在深溝裂縫中的母子，母親不幸死亡而嬰兒順利得救。

「又是來丟棄自己的孩子的嗎，自己卻不小心跌下洞裡，無論如何也不能將自己的孩子當成垃圾呀，何況他連自己生日都還不知道的時候。」

女王接著賦予蒼蠅崇高的任務，命令蒼蠅將孩子送回城裡交由友善的人扶養。

蒼蠅群對於這項任務總顯得異常騷亂，這時所有附在女王身體上的蒼蠅都會暫時脫離女王去執行命令，那時甚至是位於垃圾山各個角落的蒼蠅也故獻殷勤般，所有蒼蠅出動將小孩載走。

女王這時完全赤裸著身體，她低頭看著長時間被蒼蠅代替的身體部位，很久前腐爛的手腳現在已經完全不見了，腐爛的範圍並漸漸擴張到了胸部以下的腹部的一部分也消失了。

「真奇妙呢，都不痛，但是身體到底消失到哪裡去了呢？」

女王思考這問題的同時，當然蒼蠅是最清楚答案的。

如同牠們對待那個被母親丟棄的孩子那樣，蒼蠅並沒有遵照女王的交代，而是用自己的消化液將小孩變成食物。

這個孩子的來到，從蒼蠅的眼光看來彷彿就是一家新開張的餐廳。

自從拾荒人強悍地加入競爭，垃圾山中可食用的資源就變少，蒼蠅覓食的強烈本能使這些脆弱生物的出現，在牠們的幻覺中就如同人類走進了飲食街的某一家新開張的餐廳用餐一樣。所以除了拾荒人忽略的野狗、海鳥落入蒼蠅的範圍時，蒼蠅就會圍捕或立刻群聚然後當作是到餐廳享用新餐點。

不同動物屍體就像是不同的新餐廳也同時是新菜色，也許要訂位也說不定，畢竟小小餐廳沒法滿足所有蒼蠅。

除此以外，女王實際上是個正在腐化的人，在有限的食物來源中對蒼蠅而言是最保險的庫存。

女王靜靜推敲，最後假設出了這個答案。

在不時崩塌的垃圾丘中顯露出還算新鮮的動物屍骨時，女王早就應該想到了吧，女王傷心透了。

難道蒼蠅不受沼氣影響嗎？

其實蒼蠅充分受到沼氣影響。除了風，風會吹散沼氣，除了風，沼氣是無敵的。

蒼蠅從群聚中漸漸發覺自己可以像黏土般聚集變成任何形狀，甚至翅膀拍動的嗡嗡聲可以形成高低音階，正好用來模仿人的話語聲，蒼蠅的幻覺使牠們充滿成為人的野心，最想變成女王，牠們先藉由侵蝕從學習模擬局部的外型開始，有時蒼蠅趁女王睡著聚集成女王的人形，逐漸地學會了拷貝女王的話語聲及所有行為。

不只是作為女王代替的肢體而最終想成為整個人。

女王以為是她在利用蒼蠅，最後卻發現其實是蒼蠅在利用她，並且是要付出代價的。

5

清潔隊員終日不停收集，垃圾山終於堆積得非常高了。

一夜，女王靠在山頂寶座上抬頭仰望，心情沮喪並未逐日稍減，蒼蠅只是忙於暗中覓食並隱藏自己的陰謀，並沒有察覺。

「我決定了，我要接受求婚。我答應！」

女王發布一道最新的命令，女王要求穿著一件最高貴的晚禮服。

垃圾山沒有一處角落的蒼蠅還留在原處，全部聚集到女王全身，連著整座山成為裙尾無盡曳長而華麗的黑色禮服。她優雅伸展黑亮蒼蠅集聚成的手臂，蜿延如蛇的手指伸展向星空，幾乎像是要觸碰到星星。

蒼蠅群興奮地竄動甚至圍繞女王迴旋，如衛星圍繞行星。女王看來果然異常高貴，簡直無人再比她更有資格能代表這個星球去赴另一個星球的盛宴。

又發生一波流星雨。流星像是接收到女王的應許，像驟雨既又如盛大的煙火節慶那樣落下。

忽然，一顆最亮的流星直接擊中女王的頭。

女王的頭被擊碎爆炸向四面八方放射出火光，有如耀目的金色皇冠。綻放輻射光的流星碎屑散落遍布垃圾山的周圍，一瞬間，許多蒼蠅被燒死，更多蒼蠅逃走，隨著膨脹的熱氣流一哄而散。

女王因沼氣的幻覺使她一時之間不知覺自己的死亡，流星的輻射光芒使她進入一個更加金碧輝煌的幻覺中。

蒼蠅逃離留下端坐在垃圾山頂只餘下上半身不多軀體殘骸的女王，身體以下連著垃圾山如長裙擺般遍布流星光亮裝點成耀目的金色長晚禮服。

直到輻射火光將沼氣燃燒殆盡，女王的軀體最終與垃圾山連成一體使整座山成為一座女王的雕像。

6

不久之後，我與蒼蠅相遇因而獲知整件事的過程。

數日間，垃圾山以對折再對折的形勢崩落，許多原來距離垃圾山還很遠的住家宅卻因此陷進垃圾山崩落而擴大的範圍裡成了垃圾山的一部分。

我也沒有倖免地成了其中之一，崩落的垃圾自我未關緊的窗戶如海浪般湧入淹沒了整個客廳。

正當我試圖清理出通往門口的狹窄通道以便清運出垃圾時，一位全身黝黑發亮的女士進門來拜訪我。

是蒼蠅組合成的女王。

那段時間，她常常以輕快腳步在附近街道日夜不停地行走，彷彿為了成為人而愉悅不已。

蒼蠅聚集成女王的人形，用高高低低的嗡嗡聲仿造人説話的發音與我溝通，我們交談時她堅持應該被高尚地稱呼成女王；另一位女王。可能因為學習能力有限，她的話語順序常常出錯，使我必須加入猜測以試圖理解她的目的，畢竟牠們只是在模仿並重複使用女王所説過的語句吧，看著滿屋子垃圾，我猜她大概以為我是如她一樣是垃圾的愛好者而想與我交流哪。

我們交談的過程中，家中一切可食的垃圾及物品，除了我之外，全都被從女王身上分裂出四處亂飛的蒼蠅融解後吸食悉數吃光，談話間那位女王也如蒼蠅般的不停搓手，看得出本能仍深深地影響著她。

等到蒼蠅的女王告辭離去時，室內的垃圾居然已經少掉三分之二。

雖然我不欣賞蒼蠅的習性，但是仍贊成自然界中的各物種只有習性各異並不會有地位高低之分。在宇宙中這些黑點般的飛蟲，在別處被稱作食腐的蒼蠅，其實我倒寧願將牠們稱作失落的一秒一秒，牠們融解掉並吸吮進那些附著在物質表面甚至深入裡層變質的時間。

當蒼蠅模仿成的女王因雪季將至，於市街盡頭離去消失同時，垃圾山悶燒冒出的黑煙也因季節風吹襲暫時消散突然而變得一目了然。

清潔隊員進駐重新分類垃圾規畫擺置區域，拾荒者也重新返回垃圾山巡遊，意圖重新找尋那些該適時與他們相遇的物品。

過程中，他們各自根據自己撿拾到的片段，那些關於女王有限的回憶片段，互相傳述連接著，拼湊出不光是女王的死亡，甚至是她的出生及出生前與她生平的種種事蹟，雖然有許多已經摻雜了虛構的部分，垃圾堆女王卻因為被記起而又重新存在。

11
鴿子公寓

今天出現難得的陽光使我興起散步的念頭，但其實仍舊寒冷。

散步的途中，天氣驟變，晴空被不知從何處突然而來的烏雲遮蔽。

烏雲引起我的想像，想像從遠方地圖未定名的地域蒸發的水氣凝結成雲飄來，沿途所經過的國度，荒蕪的城鎮，海洋，橫越海洋遷徙絕跡的飛鳥。

近來我照著書本學習關於—猜想的樂趣。

書本寫著藉出猜想獲得樂趣以排遣寒冷的季節中不便出門所產生的鬱悶情緒，藉由猜想身邊的瑣碎細節或聲響就能輕鬆地漫遊異地，變換天氣，或隨意與不期望相見的人心滿意足地完成一段愉悅的對話。

這一年寒冷的氣候漫長，久而久之使我養成了輕易陷入想像的習慣。

耳邊傳來尖銳細微的吱吱聲，像是電鑽在打磨時發出的，竟與夏日蟬叫聲相似。

乍時又使我浮現身處在盛夏的錯覺，我一度毫不懷疑自己是因夏日的氣溫高升而滿身大汗並且渴望立刻找來冰凍的飲料一口喝盡，直到寒冷的顫抖自腳底傳達到頭頂才使這一陣錯覺中斷。

原來早已下起急促的雨，而我也已被淋濕。

倒退向後跨了一大步，正好移動到身後一棟樓房的屋簷下避雨。

大雨使街道積水，我用倒著走的腳步退入樓房的走廊。

漸漸地，積水像是跟蹤著我的腳尖一般朝向我來，令我緊張地推門退入樓房的內部。

「打擾了…。」

關上門一口氣就退向室內最的裡面去，急忙中，雖然瀏覽一眼陰暗的室內，並立即能判斷出是一間廢棄的空房子，我卻仍脫口說出：「打擾了。」此起彼落的咕咕聲，提醒我再仔細環視一遍室內，這時我才驚奇發現，整個室內到處停滿了灰色的鴿子，我的闖入好像並沒有驚動鴿子。

「也是來避雨嗎？」我又自顧自地問。

我的濕腳沾滿了羽毛，滿地落了一層厚厚的羽毛，而我在羽毛上留下一排凹陷的腳印。

抬起腳看，腳上除了羽毛以外還黏著一層糞便，以房內羽毛及糞便堆積的程度，顯然這裡老早就是鴿子的地盤了。

我想踏前去用屋外的積水清洗我的腳，水卻正巧如願地穿過門縫溢入室內。

漂浮著羽毛的水流向我。

我想：「也該有道樓梯讓人上下才對呢。雖然現在住滿了鳥，過去也應該是人住的吧。」

確實，我發覺了身後有一道樓梯，通往樓上的。

踏上兩三個台階，待水溢上階梯，匆匆洗清了腳後便朝向樓上走避。

走上二樓。是一條走道，兩側各有幾個房間，到處都有更多的鴿子。同樣的，到處散布了更厚的鴿糞和羽毛，我的腳又更髒了，卻還是好奇地想到處窺看。

每個房間奇異地都有一些動物的死屍站著或躺臥，身體多半都埋在堆積深厚的鴿子糞便中，只露出脖子與頭或者某一個房間中只露出了一隻豬的鼻子，很容易辨認。

有一間埋了一隻驢子或斑馬我看不出來，還有一間是追逐中的貓和狗？另一間應該埋著一隻麋鹿，麋鹿的大角圍著五六隻像小雨傘的蜥蜴頭。旁邊一間看起來像鯨魚那一類的大魚露出了半截尾巴，真令我期待想看看埋住的部分，是否在表面底下已經依循著原來動物形狀的空洞形成出一個微小萬物的腐爛王國了呢。

或者是某位味覺特異的人專屬的醃漬工廠，為他特殊風味的醃漬品所特別設置的製作場所，也許就是因為太過嗜吃醃漬物而生病以致使這裡荒廢了嗎？亦或是像個陷阱，等待著獵物涉入便深深地將牠們困住，但狩獵者會是這棟房子嗎？

明知發掘新奇事物的興奮感克制了我的寒意，我又感到一陣顫抖自腳底傳到頭頂，是因為感覺到不一樣的事了吧⋯

果然，在最後一個房間內看到一副下半身都埋在厚達胸部的鴿子糞便中的乾枯人體。

「那人看來乾燥得像一塊墓碑。」

我不禁猜測，若我繼續逗留於此，是否會如他那樣成為自己的墓碑。為他感到安慰的是，在他的面前躺著一隻彷彿是祭品的死鴿子。但仔細看，死鴿子旁又有許多散落著大概是從那位死人的口腔脫落出的牙齒。疑問總使我陷入猜想⋯

我開始猜測，是否他是一名逃獄的兇惡犯人，躲到這間無人居住被鴿子占據的公寓。

犯人從窗戶跳進去，想不到卻深深陷入深厚的鴿子糞便中而動彈不得。

原是和善的鴿子，也為犯人無法動彈而希望彌補，便固定帶來食物餵食犯人，不知他兇惡，還請他看守公寓。

一天，犯人看見母鴿孵蛋，很想吃，不想一直吃鳥食，所以騙母鴿說可以幫忙孵蛋，他說只要把蛋放在他溫暖的舌頭上就可以，但母鴿並未就此遠離，犯人很不甘心，持續數日，反而無法進食。

鴿蛋在溫暖的口腔中漸漸成型，等鴿蛋中的小鴿子開始長出耳朵時，首度聽到的聲音就是犯人的咒罵，犯人不停在心裡咒罵這件愚蠢的事，同時也常懷念過去的犯行，這些心裡的聲音都被逐漸成長的小鴿子聽見了，並且被小鴿子當成是理所當然的事。

小鴿子終於孵出來了⋯

小鴿子可以飛時，殺了母鴿，成為有史以來最壞的鴿子，殺人放火無惡不作。這一切就像在拷貝犯人曾經做過的惡行，那些小鴿子在逐漸成長時常常聽見的犯人心裡的聲音。

母鴿子在被殺死前趁著餵食犯人時將犯人的牙齒拔光作為懲罰。

而犯人因為母鴿死亡無人餵食而餓死。

從此小鴿子像是他的替身，繼續在世上活著⋯

想到這裡時，天空忽然恢復晴朗，烏雲迅速離去。

我本該結束我的想像儘速在天色暗下前離去，卻忍不住回頭再用眼角餘光瞄著。

接近傍晚但尚未似黃昏的光以斜角照入窗內穿過死人頭部的縫隙，我觀察死人的眼窩深處是否仍留有記憶的殘渣正掙扎著挨近少量照射進的陽光，紓放著，在久未得到的明亮片刻。

忽然，一隻鴿子自窗外飛進停留在死人的頭上，死人的頭似乎在鬆動，不一會死人頭竟掉落。那隻鴿子先是驚動躍起又再降落在落掉頭之後的死人脖子上，在對向窗戶逆光中的剪影來看，死人真像是換了一顆鴿子形狀的頭。

瀰漫的想像不如瀰漫溢流的水容易於陽光再度顯露的剎那被蒸發。

我懷疑我的幻覺並沒有隨昇騰的水氣一塊被路過的風帶走。

離開那棟公寓返家之後的數日間，我都還不時意圖猜測出其他的版本，並常常陷於想像多時而難以脫離。

古代學者曾經猜測，雨，只是由一個潮濕的星星倒水下來的現象，雲還反而遮住了許多雨水以免人們被過多的水淹死。

也許真的是呢！

12
隱藏的書店

工程施工的噪音太吵，我走近那棟公寓察看。

一位穿著正式禮服，圓形金絲邊眼鏡框旁野狼一般鬢毛梳理整齊的中年男人，伸出穿著褐色馬靴的那一腳（另一腳靴筒長得多，整隻是擦拭潔淨的金色銅片拼裝而成。）他機警地踢倒一根樓梯木柱阻擋我上樓。

別過去，牆壁正在倒塌，石頭還陸續滾下來。

你們吵了一整天。

很不幸，但是你一整天都沒事嗎？你的膚色帶著苔蘚的色澤，外出用太陽晒去會對身體好一點。

喔是嗎，謝謝你，我本來還覺得滿好看的呢。

這裡充滿危險，也充滿禁忌的祕密……

這棟房子自地震裂開後已經荒廢很久了，不是嗎？

咳！咳！咳！咳！

你看來也不太好。

嗯……當然啊，無論再強悍的肺也不能對這些古老的灰塵掉以輕心。呸！

你的痰有各種顏色，正吐在我的腳邊。

沒錯，過一會它可能會逃走，快幫我把它深深踩進土裡。

我更好奇了，你該不是想壟斷什麼奇妙的事物吧？

我無意如此……。只不過那樣除了滿足你的好奇心之外，沒有別的益處。

那就當作是吵鬧了一整天的補償吧。

嗯……

趁沒有更多人聚集來之前。

好吧。

樓梯有許多裂痕。

小心，好奇常常使人喪命。

這棟樓比外觀看來更高，樓梯彷彿無盡向上盤旋。

外面確實看不出來，這棟房子隱藏了許多事情，樓層只是其中之一，就連當初住在這裡的居民也沒有察覺，只因為現在房屋已經奄奄一息無力隱藏了才顯露出來，否則，我就不會發現這裡的祕密了。

……我快喘不過來了…樓梯盡頭發光的房間就是你說的祕密嗎？

不，與房間重疊的房間才是。

我有被騙的感覺…我什麼也沒看到。

你看到了，早幾十年你就會得到像那些沉入水底的閱讀者相同的懲罰。

過去戰爭終期士兵們占領一座圖書館不許人們讀取過去的知識，那座圖書館被封閉起來沉到水底，有好學追根究柢的知識狂熱者，不惜潛入沉在水中的圖書館閱讀，被設下陷阱困在水底的圖書館內一同長眠，他們堅持讓自己保持閱讀的姿勢而死，甚至有在手邊發現一首詩被寫完。

你騙我，這只是一間普通的雜物間，而且非常狹小。

你再仔細看。

……。

沿著破裂的牆壁碎石往內注視，每隔一陣子會出現。

咯！我嚇了一跳，有一個更大的房間。

影像與我們站在的地方交疊在一起，忽然一閃即逝，這房子還在用最後的力量隱瞞。

是呀，沒錯，又出現了。

來，幫忙。我們必須試著讓房子受的傷更重，我好不容易花了一天拆掉大面牆才使書店現形，你來正好幫忙。

這樣說好像要把人活生生謀殺掉的感覺，我不要。

只是用鐵鎚把四面的牆都拆掉，沒什麼，你想像這是魔法吧，雖然這確是真實的物理，拿去。

咳！咳！咳！

濃厚的灰塵…我也會吐出像你那種彩色的痰嗎？

咳！咳！咳！你看，灰塵散去，漸漸地讓隱藏的房間出現得更久，更穩定了。

這不是幻影！

是實體呀，誰說是幻影了。

這是…一間書店？

是很久以前的，一個舊時代。

如你所說的，這裡不可思議地寬敞，東南面天窗提供充分的自然光線，也有四五盞水晶吊燈，想必夜間也適合讀書，環繞四邊及整齊等分安置在中庭空間的書櫃，雖然陳舊卻可以分辨是曾經很富麗典雅的，而那些柱子或雕像是…

那些不是柱子或雕刻的裝飾品。

…如你所說的…

是的，站滿一室的是那些過去曾經存在的人，讀者、書店老闆、店員書商、估書人、寄賣人、鑄字人、排字人、印刷工，這些依賴書店而生存的人的木乃伊，他們為了這些書都不惜與書店負擔了相同的命運。

我要看看他們都讀哪些書哪。

他們如烈士一般守護著這些書，只可惜這些努力並不值得。

…「蝸牛統治論」、「史前野蠻經濟分析」、「浮動舌頭說話術」、「時間黏稠性測驗法」、「蚯蚓分解心理學」、「雞蛋的斜度」——各種看不懂的書，這些書的內容有任何用處嗎？

也許在某個時代是吧。

說起來很奇怪，書本不是能累積知識與啟蒙未來。

一點也不，人們有服從知識的奴役習性，書的影響力確實遠超過我們意志所可以掌控的範圍。看了栽種植物的書，很容易就把自己的住處改變成叢林。看了關於死後世界的書，也常常有人勇於追隨。過去的那個時代的戰爭，常常就是因為掌握權力的人閱讀過太多關於戰爭的書，更何況他們還看了更多的關於聚集財富、資源及掠奪盜竊的書，那是某的時代流行過的知識。

說得好像有道理，我曾經看了關於香蕉的書，就不停吃香蕉，而編排錯誤的內容導致我只吃香蕉皮而將香蕉丟掉。

…當人們吞食戰爭的苦果後，極端激烈的反省聲浪產生。

極端到要讓書消失嗎，真是奇怪的想法。

不，那僅僅是為了消滅過去留下的毒素。只不過，所有的知識是以一種無法形容的複雜系統交纏不清，為了在短時間內達到目的於是採取過於嚴酷的手段。

那…這群人是為了…？

這是一群試圖努力區分好知識與壞知識的人，也許是值得尊敬的傻瓜，也許只是出於對書本的癖好吧。你沒有發現，你剛剛翻閱的都是你所看不懂並且沒興趣的書，你剛剛閱讀了許多沒有用處的知識了。過了多少年，當這些書不再存在，人們也不曾感到有什麼困擾啊，而你也可以合理的懷疑，今天你所知道與重視的，到了若干年後也不是真的有多麼重要了，其實人們並不需要那麼多書吧。

知識會自然再產生新的，是嗎？

總是這樣的，這不是我第一次發現了，我跟你說過的，除了沉在水底的圖書館之外我挖掘過更多像這樣的遺跡，包括隱藏在地下鐵開挖的地層中，夾在兩棟樓房的細小夾縫中，河川疏浚的河床底，甚至海溝的沉船中，見過更多記載於書本而早已完全沒有必要存在於世上的各種知識。

我沒看過多少書，不過我也不會為此感到幸運。

並不是輕視這些死守書店的人，但往後的人們會為他們的需要而生產出更多知識吧，重要的是人們要能奪回被書本操縱的控制權。

寫書的人要負更多的責任吧。我不想再說香蕉的事了，不過卻想說我聽過的一件有趣的事。

喔？

世上任何事物都會有相關的愛好者顯露他們鑽研的成果寫成著作，他們將任何事物都變成深奧的學問，就連發呆與亂丟垃圾也是，有一本研究人有兩副內臟的書即使世上只有一個人是具有兩副內臟，他也剖開肚子自己研究自己。

嗯⋯人都可能有展覽自己的欲望。

更有人在寫教人成為文盲忘記學問的方法，一部幾百頁的專門書。

喔，那將會是讀過的人的最後一本看懂的書吧。

如果這位作者文筆太好而使我不幸迷上，那我不知會多麼後悔看過這本書。

……如果那些發動戰爭的人也看過這一本就好了……

所以呀，你說要怎麼才能適當定義好知識或壞知識呢。

我贊成你說的，每個時代都有人在鑽研製造無用的知識，一個時代的被埋沒另一個時代又出生。除了寫書的人，出版書的人才格外要認真！

我還是再說說看了香蕉的那本書之後吧，我確實把我的住處種滿香蕉，那本書非常精確實用，大部分寫得非常好，我是說大部分……糟糕的是只到收成的那一篇章為止，我確實把香蕉種得非常茂盛，但接著的關於食用的那一篇章，卻處處缺頁錯字，以致我害怕香蕉因沒被吃完而纖網將我包圍住溶解，我按照書上指示吃下幾百根香蕉所有的皮，將所有果肉倒進排水溝裡。

看來這本書出版的每一個環節都出了毛病。

我因此而生了一場病，我的內臟居然都因此而變質，那是另一個故事了……

真可怕的錯誤，我猜一開始可能從紙張就有一些雜質使字印不上去，或者排字工人偷懶拿了別本書排好的字充數，印刷工沒有理會乾涸的油墨筒，然後裝訂工人釘錯了頁數，書商用謊話連篇的廣告詞宣傳連自己也沒看過的書，書店店員再用加倍的謊言推荐連自己都沒看過一眼的內容。

這間書店與你過去挖掘過的那些書店的這些舊時代的知識，但願都曾經過嚴謹的出版程序，說不定經過你的傳布會重新出現在現在的世上。

的確要小心……

聽說在遠方的森林中有間奇特的書店，不斷地更換新店員，原因是森林中並不容易有適合的書店店員來應徵，會磨爪子的不行，書都變成破破爛爛，愛啄洞的也不行，牠們會試圖找出書中關於蟲的字眼，把書啄出許多洞，當然，食慾旺盛到會吃掉書的更不行。

店員全都是動物！

沒過多久書店就倒閉了，是老闆經營不善的問題。另一家我常去的書店，店主是為了販賣某一位心儀的作家不斷寫出的新作品而開著，但是有一天作家去世了，店主傷心地宣布書店即刻關閉而消失無蹤。那一天，那間書店的店員因書店關閉也同時失業了。那位我所熟識的店員，他曾對別人說過他的憂慮，首先他擔憂，將不再有收入讓他去旅行，次要擔憂若太晚才去想去的地方，到時那裡可能都已成為廢墟。最後擔憂一旦出去旅行後，他將沒有一個可以回來的終點（通常他是住在店裡的櫃台下，）他擔心那將會使他旅行不斷擴張漫無止境。然後他就在歇業的書店中因為憂慮而死了。

所以，他根本不曾動身去旅行嗎？我認為，書店店員是個太容易憂慮的傢伙。難道他不能找另一個工作，或甚至是另一家書店工作嗎？

就像是我們剛剛談的，許多人對書本既服從又依賴，並非所有人都可以理所當然地活在世上，有的人對於自己為何存在的理由只有像一根貧弱的細絲垂吊住身體般，尤其是特別去想這個問題，而又不幸真的發現了答案的人，那是最可憐的了。

你說得也對，有時我也忍不住想⋯⋯人類搞不好是被製造出來服務社會或文明的這種隱形怪獸的有機零件，然後自以為生命是多有意義，書本可能扮演催眠與訓練指導的角色，卻不知也許所謂的意義只是像水母腸道中的共生藻類，最大的功用不過是幫助水母進行光合作用，製造酵素好讓水母越吃越肥，其實大部分人們也不想去發掘真相，寧可片面相信著自認為的意義，不然可能就沒有勇氣活著了。

⋯⋯我覺得你其實並不喜歡你的工作，也很不喜歡書，你卻挖掘這些隱藏的書店做什麼？

我只是一個經驗豐富的拆除工人，我在工作的過程中意外發現這些書店，以及他們相互的共同點，雖然我不覺得這些經驗對我特別有意義，也許有一天我仍然想為這些挖掘的書店寫一本書⋯⋯

就在我們談話告一段落的同時，書與書店褪色風化成灰，木乃伊也是⋯⋯就像不曾存在過。

13
黑暗蜜蜂

時光通道的裂隙正好位於我居住公寓的廚房一角，裂隙常常洩漏出各個時間分歧點的景物，形成許多一閃而過的幻影，洩漏流量多寡時時不定，有時溢出廚房擋水門檻，流進寢室，當我下床竟剎時踏入某一情境，有的可怕，也有如美夢一般的，卻都迅即就消失，時間一久我已不以為意，反而期待意外的驚奇，我像上了癮一樣地整日盡量避免外出，以便不時探看，連睡眠也不安穩，精神頗為衰弱……

終於，我忍不住希望有什麼樣的工人能來幫我將這個裂隙填補起來。

有人主動來拜訪我。

自稱是專門研究時光裂隙的學者。

「…你不相信？」

他擅自進門後就攤開揹在身後一大本厚達千頁的研究記錄要我研讀。

我自然是不情願地翻閱，隨便應付之後以便將他趕快打發走。

可是卻被其中一大疊像是研究蜜蜂生態的解剖圖頁所吸引。

內容真是奇怪，包括蜜蜂的卵、幼蟲、成蟲變體時內臟的體積測量表，各部位化學成分與各年代的換算程式，食物酸鹼值對照表，直到翻到統計表格才感到枯燥。

當我回頭注意他時，他沒有徵求我同意就走到我廚房的裂隙旁，從外套口袋掏出一支鼓風器，我看見他用力擠壓蛇腹構造的鼓風器，將一顆顆黑色顆粒射進裂隙，然後並沒有作任何解釋便匆匆收拾那本厚重的書關上門離開。

一天清晨，我被陣陣低沉的嗡嗡聲吵醒。

我走進客廳見到一個巨大的黝黑蜂巢沿著客廳吊燈向下懸垂到地面，紡錘形與印象中蜂巢都相似，體積幾乎占滿客廳，無法相信是一夜間結成。

蜂巢表面的孔洞流出滑膩的黑色蜜汁滴落地板，差一點使我走近時滑倒。十幾隻隻暗黑色的蜜蜂像守衛般圍繞蜂巢盤旋。

那位自稱是學者的人又闖進來。

不知我的門鎖為什麼對他一點阻擋作用都沒有，我又忘了鎖門了吧⋯⋯

他已經穿著一身罩著網子的防護衣，舉著白色捕蟲網在我身後，並要我快點讓開。

「我放了許多蜜蜂的幼蟲進去裂縫裡，牠們飛回來了，我要開始研究。」

他拿著捕蟲網不停揮舞，蜂巢周圍的蜜蜂被驚動，他又粗魯地用捕蟲網敲擊蜂巢四周揮動，引起蜜蜂群滿室亂飛，我不得不躲進房間從門縫中看著他，等他將幾百隻蜜蜂全部捕捉完畢。

網子裡的蜜蜂齊力飛舞幾乎要讓他浮起來。

他將捕滿蜜蜂的網子扭轉絞住，壓在桌腳。

盤腿一坐，直接坐在流滿黏膩蜜汁的地板上，捧著那本厚重的記錄本，拿出一隻鵝毛筆，沾著地上黑色蜜汁開始書寫。

他問我：「你知道嗎？…」

讓我想起小學時老師問話的嚴厲口氣。

「這裡應該設置成我的研究室。」

「但…這是我家…」他並沒有聽我說。

「我是被學院放逐的學者。」他掀起網子做成的頭罩。

「我從不相信別人，也從不相信別人書上看到的知識，我只相信我自己的親身經驗。」

他用力剝開一大片蜂巢，黑色蜜汁噴濺到地上。

他用描繪記錄蜂巢斷面的構造後，伸出舌頭，舌尖伸進蜂巢內部隔間的孔洞探測。

「看來你們找到了一個好時代哪⋯過去我只知道遙遠的過去，這次卻讓我開始明瞭未來。」

他顯得非常興奮，不停地書寫了幾個小時。

他停下筆，伸手到身旁壓在桌腳的捕蟲網中抓出幾隻蜜蜂，竟放進嘴裡咀嚼，忽然哀叫著伸出插著幾支蜜蜂尾巴尖刺的舌頭。

「我太心急了呀。」他把刺一根一根拔下，雖然疼痛，卻是又一副欣喜的表情。

他又繼續抓出幾隻蜜蜂，用看起來銳利的指甲，縱身切成兩半，再用筆沾著蜜汁繪製蜜蜂的內臟剖面圖。

他一面畫著一面自言自語地覆誦⋯

根據腳上花粉及胃裡的蜜汁和肺部空氣混合比例分析，或偶爾我還能從腦子吸收出一些蜜蜂看見過的風景，只不過蜜蜂的視覺不太容易解釋。

⋯花粉中有冷卻的石炭，但又富含燃燒揮發的硫礦，蜂蜜中鹽分很高⋯

食道的絨毛皺褶中夾雜著電流，這明顯是來自於吸收了電土的花蕊…那是甚麼樣的時代呀！

「你知道嗎？我好像稍微知道了一些未來呀。你想是什麼樣子呢，一定還有許多的鏈結是我沒有找到的。」

其實我不想知道。

「好吧，也對…那並不會減低我們的不安，未來或許是如惡夢一般，保持清醒著，不要讓它到來可能是更好的吧…」

他表情哀傷地回頭盯著我看，流下眼淚。

「不過，因為我是專門研究時間的學者，發現了這些痛苦的祕密卻令我忍不住高興……真過癮…真是痛快啊！！」

他再也壓抑不住，跳起身伸手抓住蜂巢缺角用全身重量扯下一大塊外殼，黑色蜂蜜噴灑得使他全身都濕透，他貪婪地吸允蜂巢中柔軟的蜜蜂幼蟲，嘴角不停滲流下黑色蜜汁混合著蜜蜂幼蟲綠色體液與渣滓。

「…原來如此…原來如此啊…原來如此…原來如此…」他嘴裡不斷地唸著。

轟地，他突然引燃一顆煙霧彈，彷彿是為了遮蔽自己貪食時的醜態。

煙霧中仍傳出喀滋喀滋嚼食蜂巢與咬下蜜蜂尾部尖刺後吸允蜜蜂內臟，又再嚼碎的聲響。

我暫時退到屋外，看著窗子冒出煙。

幾個小時後，煙霧散去，我把他趕走，不想讓我的住處成為他嗜食成癮，類似酗酒的場所。

日後，各種時光的幻影仍一閃即逝。

裂隙卻曾經長出一大叢花，花叢是實體不是幻影，這一叢從未見過的花沒有一株花相同，這現象真奇怪，令我好奇，以下是我的推測：

蜜蜂穿梭於裂隙裡外，花朵追隨各時間點蜜蜂的採蜜回來的路徑生長，花的莖與根勾連住兩頭的時間點像是船的錨勾那樣，也許花叢的幾百朵花勾連著幾百個不同的時間點，可能是因為這些花繁衍的欲望太強，有許多株據說是已經絕種或新種的花。

我將花開與花謝的時間分別仔細地記錄下來，又用了一段很長的時間，以我有限的化學知識試著拆解花朵成分的來源，甚至興起描繪下來的念頭……

咦？！我也竟然像個學者般研究了起來呀。

14

電影裡的象小姐

1

我曾擔任無聲電影的辯士；

也就是無聲電影時代的劇情解說人。

當我一口氣連接演說完七部影片，衣著端整嚴謹的那人表情不悅地走向我，他表明自己是影片的導演，並堅持追究我竄改的錯誤，忿忿不平地意圖將影片的膠卷帶走，導演以堅定的意志決定要取回電影的底片膠卷，並堅持以當初他所安排正確劇情的順序配上新的聲音，據說是現在最風行的腔調，再打算為七段故事塗上七種色彩，七部電影甚至會有四十九個版本哪。

「哼！」有些人就是會瘋狂地追求這樣些微造作的變化。

象小姐，我很懷念我們一起共演的時光，我想永遠維持這樣⋯⋯

我嘗試著用有意無意的方式傳播給雙子電塔挑撥的謠言（也許是受象小姐的暗示）引起他們的衝突放電襲擊對方，放映機抵不住強大的電流而連電影膠卷都一起燒毀，都是我故意脫罪的設計，其實那時我早已將鍾愛片段剪下保留。

而我更特意更改戲院逃生方向的標誌，用意也如預期地實現—落入大水溝流走⋯。

雖然那人（導演）有自己想要表達的內容，卻全都令我感到苦澀無味。

我絕不會允許讓他影響我而害我配不上象小姐。

我的意思是說，當電影回復原來的順序，產生了完全不同的意思時，那時展現的就不是我所認識的象小姐了，我心中醞釀著一個屬於我們共同的故事。

2

列車疾駛，我望窗外。

正好目擊到車窗外飛舞著一種吸食隕石星光的昆蟲，我在餐車就座，準備食用預訂好的餐點。

我的記憶用力一幕又一幕播放……

一個陌生人推門進來問。

「電影甚麼時候開演呢，是不是從一百二十三年前就公演到現在？」

你來了，隨時可以開演。

「是象小姐主演的電影，沒有錯吧。」

當然不會錯，就是紅極一時的電影明星象小姐，一次連接上映的七部電影，沒錯！

「我進來前問了一位不肯回答的人。」

他是七道油漆斑剝大門的管理人，他卻不管門內或門外的任何事—純粹管理門。

現在很少人來看無聲電影了，真是剛好。

那人靠近些，我漸漸分辨出…他年紀相當老邁。

「在這座破舊潮濕的戲院嗎？」

那時我很討厭老人，直到現在，除了我所尊敬的那幾位之外，即使是將來我自己。

「不，我不是要來看戲。」

前幾天我才認真地學會幾首新歌，正好用來搭配劇情，你運氣真好。

「這正是我擔心的…」那位老人滿臉憂愁。

就由我來擔任這次放映的辯士吧。

這是一座破舊卻寬敞的圓環形建築。

中空的構造四周設置著七道門，是通向七間放映室的門，門外斑剝破裂的看板是為紅極一時的象小姐的電影量身訂做，只可惜從建成到現在已經是好多年的事了，這裡原本是座十分美麗的戲院。

嚴格說起來從無聲電影時代之前就存在了。

最初人們為了悼念每晚唱歌的鯨魚群擱淺而聚集在此，這裡成為了一個聚在一起唱歌的地方而搭建起房子。漸漸的開始演出戲劇，然後電影時代來臨，剛開始雖然沒有聲音，卻已足夠讓人嚇出一場病，然後隨即辯士的精彩特技登場，直到有聲電影時代，又到了不再有人看電影的無人時代。

這是一座為了等待巨星出世來臨而建造的戲院，但可惜她從未親臨。

這座戲院如花朵自盛開而凋萎但它仍不間斷釋放迷惑人的香氣，在此從未間斷播放象小姐的電影。

「如你所說，是從一百二十三年前就公演到現在。」

不過我並不是個一百多歲的老人。

自從我連續一百天不得不依賴發霉的麵包過活之後，我決定必須找一份工作維持生命，我適合這個工作，童年時期最嚮往看電影，一如童年時代期望的風貌，無聲電影加上一位稱職的辯士。

我會依當天情緒不同編造出不同的故事版本。

這對於喜愛挑戰的演員來說是一種享受吧，象小姐因我每回不同的解說而總都有完美的演出，真是了不起。

我也毫不遜色地可以同時演說七部電影呀。

但是後來變了…

當我後來一再說出遺憾的結局，不但觀眾抱怨不滿而離去，連象小姐也因為遺憾的結局而拒絕演出。

是她不願承受我們無法相戀的傷心吧。

雖然我在情節中讓她對我說了無數次我愛你。

你也看出來了，其實是因為我無法承受我們無法相戀的傷心才無法說出喜悅的故事。

我們終究敵不過不同次元的隔閡。

她離開了電影，不知為何，影片中逐次出現越來越多空白的人影，留下原來她所在的輪廓。

我實在不敢想像她究竟是為何而失蹤，甚至被謀殺了還是……

「可惡，這是完全不對的。」那人近乎暴怒。
「你擅自改壞了情節！」
不！你才搞錯了。
我也以嚴厲訓斥的語氣喝止這位聲稱是導演的老人。
即使你將再有四十九個版本，但一旦脫離了你的手進入到觀眾眼睛後，你就沒有權力加以詮釋了。
無論是誤解或刻意扭曲成別的意思，都已經滲進觀眾腦部的海綿孔洞與記憶攪拌黏糊成另一種腦成分了，你竟敢妄加聲稱你擁有那些已經不與你創造的相同之物，更何況在這棟建築裡，這棟名為戲院的場所，落入到我這樣以編造故事為職業的人，取悅觀眾是我無上的天職也是我的特權呀。

3

幾年間，每隔幾星期，我都會收到寫著密密麻麻文字的明信片，沒有署名，有時不只一張，但收件人並不是我，累積達到數十張，看起來都像是寫著關於同樣一件事情，收信並不會讓我困擾，我也從未退回或冒名回信過。
我陸續閱讀著，那像是指向一個虛構的世界所作的解說，一知半解的情況下，我更好奇地想要知道更多一些，所以我總在進出家門時格外注意信箱，期待這位勤奮的寫作者。

直到有一張明信片上只簡短地寫著：「…我快要死了…」

這次看來不再像是在寫虛構的事，這行文字使我決意去探究這段故事背後的故事，循著幾年來都不曾改變的地址，我出發前往另一個城市，那兒與我相距遙遠。

為了追趕這個死亡的預告，我急著趕在死神之前抵達。

付了更多錢坐上高等的夜行列車，但是沒想到那是一班令我困擾的給菸列車，對於吸菸者來說卻是夢寐以求的上等享受，車上嚴禁火燭沒有點火的設施，香菸由列車空調系統供給，分別於各種時段噴送出各種品牌的菸煙，據說所用都是相當昂貴的菸草，由車票票價也能猜測得到。

一位裝著凌亂的男士是特地在辛苦勞動之餘存了很久錢才買得起單程車票。

乘客們不論是否清醒，許多早已因生埋習慣沉睡，更多位清醒者仍興致高昂，身旁的男女對香菸品質讚賞不已，紛紛猛力吸進鼻腔深入內臟陶醉地停頓幾十秒，然後暢快地有如炫耀老菸槍的技巧般地吐出形狀複雜的煙圈，還有幾位竟紛紛吐出正在奔跑的馬，進行了一場小規模的賽馬。

我想我整段旅途將不會有一刻能呼吸到正常的空氣，但願別就此染上了菸癮。

別過頭看車外。

夜晚漆黑的車窗外通常沒有甚麼風景可看，但是我們被預告將會通過一片濕原，有一種水瀨的近親會使鐵道增殖，那是一種陷阱，他們蒐集樹枝仿造鐵道形狀搭建出難以計數的支線，這時列車會打開特殊的X光照射，分辨有機質的仿冒鐵道（真實的鐵道不含有機質）以免被引入沼澤或柏油坑，整車旅客將會成為沼澤野獸的食物。

窗外被X光照射後的風景，無論住宅或荒野的生物，都是一副骷髏的影像，有人形容如同死後的世界或是更像地獄，奇異的是他們動態看來活躍又輕巧，彷彿為著死亡手舞足蹈，當然，那只是我的想像，畢竟只能靠這樣轉移一路又悶又嗆的苦惱。

4

一段短暫的景象，在我快睜開眼前的一瞬間擴張了幾百倍，一些許多年未曾想起的，是真的記憶而不是夢⋯⋯

我非常喜歡在晴朗的天氣裡騎著單車，忽快忽慢地繞著戲院圓形的樓房，吹著口哨大約七首歌，氣喘吁吁才停下來。

有聲電影風行，那時我已不再擔任無聲電影的辯士。電影不再無聲，如那位老邁的導演說的，電影進入七彩炫目的時代，我曾試著播映過兩場，觀眾爆滿，盛況空前。不過，隨後我就立刻關閉了戲院停止營業，七道油漆斑剝的大門也從此鎖上。

我忌妒新的風潮，觀眾也不能同意我讓電影走回無聲時代，我必須被要求退場，不必再成為電影的一部分了。

那一天起，我再也不曾涉足到戲院半步，即使我的住處仍在同一棟建築的高處一角，我仍然與我不得不放棄的事物如此貼近，那該刻意用多大的意志力才能忘卻，

連同對象小姐曾有的愛慕之意也在無預期下被夾帶著一起漏失。

我逐漸再也想不起，在那不曾再開啟的七道門中的過往事物。

我似乎變得不太憂傷，也想不起我的忌妒。

但也很少再有快樂的感覺，我變得單純地只會受到天氣影響。

每當我騎著單車出門，不經意間我總會在這棟建築外先繞個幾圈才離開，有時外出回來時也是，更不用說是作為空閒時的運動。

我總會繞著戲院（圓周一圈大約五百公尺），赭紅的鏽鐵皮覆蓋，圍繞

牆角長出結果的矮樹叢，各種由住戶傾倒到窗外或路人隨口亂吐吃果實的種子長成。

當我的單車騎得飛快，輪子也捲起旋風，覆蓋在植物上的紅褐鐵鏽會被風吹散恢復出原本多彩的色澤，我的思緒彷彿感到了比較明朗。

有一天，破舊的門忽然向外推開被我撞破了一個大洞，我的單車也撞壞了。

七道油漆斑剝的大門不再有人進出，管理人消沉地離開了。

沒有人看管的門被風吹開，正好被我撞上，乍時眼前一片黑暗⋯

5

可能⋯我睡著了一會。

我在餐車的餐桌前醒來睜開眼睛。

窗外遠遠近近處都響起答答答的強烈雜音，我以為下起了急雨。

卻竟是飛蟲撲向疾駛列車撞擊光亮的車窗身體碎裂的聲響。

學生時代組成過昆蟲研究會，那時我正當迷戀著這種吸食隕石星光的昆蟲。

我幾乎忘了⋯

那時我不如說是更迷戀研究會中的一個女孩，不論是修習相關的昆蟲解剖學、外星礦物學、觀測術，甚而是至在冷風刺骨的寒冬到濕原捕捉這種昆蟲的標本。

「等等，我該不會也來過這裡吧……」

我似乎又打開了某一個遺落的記憶儲藏盒，這是第三個了吧。

當女孩因疾病暈厥在實驗室被我發現時，全身被這種昆蟲爬滿，我便從此不再想起這一段時光。

原來遺忘不是遺失，只會被祕密地收起來呀。

我的遐想本來足以讓我脫離香菸嗆鼻的困擾。

一陣香味卻把我拉回現實，不同於香菸的氣味。

服務生送上預訂好的餐點，餐盤中的美食正好是攫食這種昆蟲的動物，烹煮得香氣濃郁。

6

列車在車掌廣播告示後不久抵達，列車尚未停妥，首先蜂擁上前的並不是預備搭車的乘客，而是抱著消防水喉的消防員，地面潮濕可見事先灑水預防。

列車像一支大香菸進站，車門彈開，開門霎時車內積蓄煙霧轟地噴向月台四周，向站外街道溢出。

煙霧中我與到站的旅客們在有限的能見度中與消防員錯身下車，我疾步想脫離煙霧外，隨後只見到消防員向外退出，一時間，仍看不見任何正要上車的乘客，僅在煙霧中聽見雜沓的腳步聲，依著各種鞋靴、腳蹄、爪掌急促的登車聲響，看來列車不會停留太久，甚至是對待不受歡迎的不速之客那樣希望越快離開越好。

列車隨即鳴放汽笛，頭燈亮起，像點燃一支新的香菸，呼地開走。

月台視線稍微清晰，卻已空無一人。

列車像魔術師變戲法，一陣煙霧把旅人變不見，也把自己變不見。

7

走出車站，觀望地形，這裡不似我所住的城市。

我住的地方，四處高架懸吊著電線，各種設施依賴來自電塔傳輸的電力。

這個城市的建築有如紙板搭建的，事物看來都筆直細長，路上步行的人們看來也很瘦高，這裡見不到各種具有動力的交通工具，人們搭乘的器具都仰賴自然吹起的風，風裡並飄揚著小紙屑。

也不是因此表示這座城比較不文明，反而奇特地是這裡的萬物看來都色彩鮮明有如簇新的印刷品，樓房整潔地陳列在書架上的書本，各處都有刻度的尺標，看來這個城的人注重丈量距離與長度，不過他們像是只對橫向的刻度特別在意，而對於高度或木本植物的上層彎彎曲曲的枝幹就顯得無所謂，於是使得街道並不至於過於整齊劃一，仍顯得錯落自然，而且沒有因陣陣紙屑飄來而顯得髒亂，紙屑如櫻花飄落的節祭那樣成為城市美麗的點綴。

這根本就是有如紙張與書本構成的城市，難怪急著趕走載我來的列車，實在太危險了。

路過一個廣場，我發現了風中的紙屑是從廣場中央的樓塔窗戶如下雪般被傾倒出窗外，紙屑上印滿大大小小的文字，幾乎看不清楚，但城市居民似乎由附著在身上的紙屑獲得各種信息，我也感受到了。

不久，我竟因身上沾著的各種紙屑而大致理解到這城市的風土人情，我拍拍沾了滿身的紙屑，紙屑紛紛落地不多久後就分解消失，真是非常奇妙而方便。

但是在我收到的明信片上並沒有發生相同的作用，我還不理解它們組成了什麼意義。

8

回想撞到門醒來那時，我在破洞的縫下見到一段影片膠卷露出，我試著將膠卷向外拉扯，卻綿延不斷地拉出印著一格一格畫面的膠卷，我早已確定是電影的底片。

我利用空閒時將膠卷捲起，每天長短不等，用了一個星期，這場低度的冒險終於告一段落，不過並沒有結束，我將一大捲沉重的底片搬回我的住處，用兩張椅子簡單疊起在書桌旁架設了一副觀看底片用的滾軸。

我試著耐心觀看，卻發現一格一格少有變化，數十張間彷彿才有微小的更動，據說外國有一種影片是用繪圖的方式將圖案一格一格畫在底片上也如同電影一般播放出，我實在無法想像有什麼樣的人能做著這樣無聊的工作呀。

一夜我在桌燈下檢視影片膠卷上縮小的精緻影像。

看著底片畫面口中不知不覺開始喃喃自語。

本能趨光飛來燈下惱人的小蟲繞來繞去，我轉身去撥開快要糾纏在一起的膠卷。

再回頭小蟲卻不見了⋯⋯

我察覺自口中唸出一段文字：「**夏夜桌燈下，蟲蛾撲向光，幸好不是舊時的燭火不至於穿過火燄悲慘地被燒死後，屍體還拋落散布在我不幸的信紙上，但聚集漸多盤旋不止，擾亂思緒，我正需要作出重要的決定，紙張上的我的手緊握著筆，握出血來，事情不會再更糟了⋯⋯**」喔，原來是明信片上所寫的一段對白呀。

仔細兑看畫面，正如對白敍述的情境異常契合，我閃過一個念頭，燈下的飛蟲會不會是被吸進畫面的呀，不會吧。

我冒出奇想，這影片該不會也需要一位述說的辯士吧，所以我才會喃喃自語嗎？

對呀，我過去不就是一位稱職的辯士嗎，只是我刻意遺忘了。

我想起這是我演說過的片子，但是情節並不同。

不同的是，這一段情節中，我已讓主角思考聰穎有如電子奔跑般敏捷地解除了疑惑，甚至還能惹得觀眾輕鬆地嘻笑。

對呀，主角是…象小姐。

但明信片與電影的關係是…我卻還想不出來。

不過我就好像被催眠了一般，整晚不能控制地一篇又一篇背誦出過去我所看過明信片裡的內容。

9

夏季出門通常我只攜帶少量的行李，不過這次我將曾經收到的明信片都塞滿了我的行李箱。

缺乏交通工具載運，我的行李隨著門牌數字累積而顯得越重，每條道路門排數目多達數萬號。

也忘了走了幾個小時，逼近傍晚。

我緊握著問路時抄下的指示專心認路，疲憊異常，所幸都能順利的接到下一個指示的路口。

Jikjij 街 15326 號左轉 Lvuxxkptt 街 6678 號再左轉循著河岸走向三叉路，選擇中間那條 Oopoll 路向前，別忘了第十三個路口右轉直走不久後，那就是明信片上的住址 Ddfdjhk 路 18031 號。

視線渾濁，路燈亮起。「…事情不會再更糟了。」

我想我終於到達了。

眼睛跟隨號碼順序來到目的的房子。

我站在一棟立面較兩側其他樓房更細長的獨棟住宅，與其他住宅簡潔的外觀比較也格外別致，牆面窗台布滿植物形弧線螺旋的雕飾。

我拉動門鈴，響亮幾聲，不久有人來應門。

10

一位表情不嚴肅，卻也感覺不到親切的人來應門。

「主人出門了。」中年灰髮的管家回覆我。

我說明我的來意。

「喔，是啊！那些信件都是主人吩咐我寄的，很遺憾我並不理解她的用意，而她說要出去作一段旅行，也許不會這麼快回來。」

我心急探詢，為什麼她說快要死了，管家好像並不關心。只自顧著說，從來沒有過任何人來拜訪過，我還以為收信人也是二次元的人哪。

「嗯，二次元？」

天色已晚，管家邀請我進室內留宿，並帶領我參觀。

走進室內看到的大門所正對的角度看來空空蕩蕩，令我很訝異。但接著走近到室內的側面才看得出整間起居室的家具布置樣樣華麗俱全。她所使用的物品全都像印刷在扁平的紙板上分層立置著的二次元物體。

「所以雖然這是一間不大的房子，使用起來卻很寬敞。」

我好奇問管家，妳的主人也如這些家具一樣嗎？

管家正領我走向二樓的客房，旁邊一間是屋主人的衣物間，我趁機觀察。衣物間裡面掛滿各式各樣華美的禮服，衣帽首飾，竟也全都是如紙娃娃的衣飾般的薄片。

原來我是管家以外唯一蒞臨過這裡的三次元人。管家出借了他備用的被褥給我鋪在客房地板歇息，除了管家本人所用的物品之外，全都是屬於二次元的，我不適合使用。

我左顧右盼尋索著屋中，沒有任何一處擺放出屋主人照片，仍見不到主人的面目。

管家說：「她害怕照相。」

最後我注意到一張用黑紙剪出來襯在紅紙上，主人側臉的剪影圖，主人的鼻子如一條管狀幾個滑順彎曲的圓弧延伸到畫面外。

我摸了一下這張不尋常的人像，鼻子的剪影。

失眠了整夜，天還沒亮就匆促辭別了管家，我想趕快回家求證答案。

心裡漸漸浮現一個人的面貌。

回到家。

11

不等進家門就先進入封閉已久的戲院，從撞破的那一扇門。

走下一段短少階級的下坡後，淺短走廊末尾。

一道兩側對開釘著紫絨布的門，門內是前寬後窄的觀賞座席，正對門的斜坡走道向上到盡頭是設置放映機的房間，影像透過小窗投射放映在布幕上，布幕一側是辯士的講台，另一側則是演奏配樂者的位置。

整座戲院圓環形的建築體分配七間放映廳，如同切蛋糕般切成七等分。

扳開門栓，忍住不安，直接探頭向裡面望。

哎呀！

沒有被預期中黑暗恐懼包圍，而事先預備好的燈具也全然無用。

戲院內的地板積著淺水，積水並不髒臭，水下有一層白沙，戲院室內所有物品也全部被發著翠綠色螢光的白沙所覆蓋，包括座椅上，包廂的植物形弧線螺旋的雕飾上，搭配演說時演奏的鋼琴、弦樂器，原本擺置在售票口旁被推進來收容的爆米花機器上都有。

戲院如悼念流逝的時光，穿上了華美而緩慢散放著回憶之光的喪服，靜靜地眺望過去的美景。

我的鞋子濕透，仔細看，水面似乎還有淺淺的微波流動，好像不知從哪裡的孔洞傳來些微的海潮聲，像是直接通向海。

我忍不住感嘆：

「你把自己看顧得很好啊，原來不用我看顧著，看你為自己裝扮的這些美麗的光芒，一閃一閃，就像那些我們一起經歷的好時光。」

即使我刻意將它在我記憶中抹消，但戲院都一直都在那兒，而且它把自己保存得很好，電影確實是最善於製造幻覺的一種事物。

我又開始不能控制自言自語地唸出明信片上的字，我也不理會，腦子一面想著與言語內容毫不相關的事，我在放映間中清理出一疊戲院的記錄清冊，如數家珍地回顧各年代曾播映過的佳片。

放映機故障，掛著殘缺的底片並有燒毀的痕跡，機內的底片融化，黏住齒輪完全無法轉動。

從放映間小窗望座位走道，可見一道踩在沙上的腳印扁平細長，明顯是屬於二次元體積的身體所造成的。

是呀，我確定了，象小姐來過。

我在第五排靠中間走道的座椅上也見到同樣體型的印記。

在一座沒有放映功能的戲院中，她，坐在那裡時在看著什麼呢？

隨後我發現她到過我的住處待了不算短的時間，因為底片被翻動很長的幅度，可依此猜想。我檢查底片時，見到過去屬於象小姐離去後所留下的空白輪廓居然都填補回來了。

我對她的記憶竟也填補回來了。

12

幾週後，我收到管家的信：

「我想她太高估我對於她的演藝生涯成就的興趣了，我從不看電影，不知誰是象小姐，更不認識任何明星。」

管家說：「那天閣下告別後，不久主人也旅行回來，她自進門起便歡欣地高談至深夜，旅途的疲憊也無損於她的興奮之情，接連要了幾杯熱牛奶潤喉，以至於待侍奉她就寢後也害我累慘了，隔天早上如往常的時刻仍未醒來，我體貼地等待到了中午才去打擾她，發現她就這樣去世了，其實更精確地來説她是消失了，床上的她只留下如色紙剪影那樣類似的一張褪去所有顏色的白色輪廓，我敢説不是那幾杯熱牛奶的關係，而我明白她將不會再出現。」

管家提醒：「我也發現到她回來時顏色變得淡了許多，我以為是日晒或疲勞的關係。」

象小姐生前説，她怕照相，怕底片會攝取她的生命。

我想，她絕對是刻意使自己這樣的。

管家並轉述，象小姐進入過我的住處（我相信她絕對能輕易穿過我的門縫）走向我桌前成堆的膠卷在燈下一格一格欣賞，光線也透過底片投影在象小姐面積稍大的臉上，影像投影在起伏流動的眼淚上，投影在陷入的五官與皺紋裡變形彎曲，彷彿流沙坑將影像吸進身體。

據説她非常地滿足，獨自替自己拍手了足足十分鐘。

13

我花了一段時間修理放映機，拆卸所有零件，用了許多溶劑融解掉黏在齒輪上的膠質，重新潤滑，清除鏽與圬垢。

回想與導演爭執並將他趕走的過程，不禁冒起一陣冷汗。

「那時是冒著燒毀整間戲院的危險啊…真是不應該。」

在導演對我威脅下了最後通牒的那天，他老邁的步伐踏進戲院。

電影仍然播映我仍舊堅守辯士的崗位。

忽然，一陣強大的電流脈衝隨著電力線路灌注到放映機放映機爆炸噴射煙火，底片隨即猛烈燃燒，導演看著火燄發呆，幾乎忘記火警鈴聲敲響，又有幾陣爆炸，一團燃燒融化的底片膠質噴到導演臉上，導演疼痛得驚醒才想到逃命，好不容易看清楚逃生指示的標誌，順勢脫逃，卻不知那是早就被我調轉方向的標誌，待他衝出門竟腳步踏空而掉進了排水溝流走。

導演意圖奪取底片之前，忿忿不平地發了一頓牢騷。

說起過去他們親密的伴侶關係，當他習得電影技藝的當時，立志要讓象小姐的豔光照射群眾，也同時驗證自己的聰明才智。

象小姐曾經希望自己的電影散發著智慧與邏輯的光環，而導演卻極欲證明他操縱觀眾喜怒哀樂的能力。

我竊笑他：「那都還不如我滔滔不絕的口才。」我竟然會使得一切崇高或驕傲的想望變質，事實上，我們怎麼猜得到，電影進到了觀眾腦海中又會變質得如何。

當電影裡男子手挽著象小姐踏進舞池，臉頰一吋一吋更加貼近她的時候，我總會讓象小姐的口中吐露出她所傾慕的人的我的名字。

導演埋怨著：

「每當影片即將開拍，她從未順從我的劇情安排，無數的提議，她美妙聲線雖然讓她的構想聽起來獨特又合理，但是我更難捨棄我的自尊，我無數來自知識根源及正確判斷事物所積蓄的自尊，我說，我一定會讓妳大受歡迎的！然後……我根本就記不得她還說了哪些……」

象小姐離去原因是來自於不認同我與導演對電影的理解。

據說象小姐曾經活了很久，有生之年參與過電影的發生與演化。從最初言語流傳的故事—歌謠—圖畫—文字—扮演角色的戲劇—攝影—電影。她多麼不想漏失每一次能讓自己扮演更多層次繽紛的角色，擁有更多光彩的演藝機會，她比我與導演都更強烈想看見自己未來的面貌。

原來她根本不想當我口中所說成的角色及導演劇本所寫成的那個樣子。

明信片寫的是想對獨斷的我們所說的話吧。

她為了這趟旅程返回後也作出預告⋯

「⋯我快要死了⋯」

嚴格說起來，真人的象小姐應該早在一百年前就去世了，而離開底片出走並不斷透過明信片企圖與導演溝通的現象，只不過在重複播放象小姐心中的遺願呀。

她知道照相會迫使她被攝取回底片中，顯然對著燈下的底片看也使她被攝取回去了，她明知道會這樣並刻意讓它發生。

難道說她已經滿足地達成溝通了嗎？

我終究是依照她的意志詮釋了影片，我沒有辦法停止我的喃喃自語⋯

14

選擇了一個陰天夜晚，雲層濃厚低沉。

我穿著著盛裝，架設起放映機拉上底片，打開電路，齒輪嘎嘎嘎扣住底片迅速開始捲動。

光束將電影投射到雲層當作是布幕一樣。

緊接著，我也清了清喉嚨，透過布置好的廣播系統開始演說。

——謹根據近日在腦中揮之不去的象小姐所屬意的版本。

整個城都看到了電影，每個人都驚訝。

象小姐，我想把妳留在這個城市居民的記憶裡，妳應該會很滿意吧。刻意製造一場回憶也不是離譜的事呢。

過去，世人獲知象小姐與導演分手後引退，從此未曾再有人見到過象小姐本人一眼。但是她演出的電影卻繼續風靡一時；無論我或導演以外的每個人也都分別用著各種自以為是的方式愛著她。

影片結束前，片尾字幕浮上；

一行字發出光，光彩耀眼，光芒將其他演員及工作人員的名字都掩蓋……

唯一的主角——

【象．格里芬．拉謬拉朵．芳絲華斯坦．梅里葉X．墨斯茉莉】

她曾經是過去某個年代，最紅的女明星。

BB

Г

L

L

後記

極久了
根據幼年居住在石牌的回憶
那是一段有著聖誕樹燈泡閃亮亮緩緩交疊發光與一整座橋的路面都鋪滿了白沙的回憶
我蹲在那裡，把不容易黏結的白沙捏成球
有時會有光，把我接離地球一下子，那是離黃昏還遠，自午後的窗外射入的
然後
有時又會有另一道光
把所有的甲蟲和蝶蛾都接引到我們的牆壁上，在入夜以後
某一部分的我大約只活到那一段時光就停止在那裡了
那個部分的我並沒有跟著一直長大的我過來
其實我很高興這樣子的情形
就像是遠方還有個有錢的親戚一樣感到光榮，那一部分的我會一直過的很好
那時，有些現在已經離開的人與現在過得比較不好的人
都曾經在那段時間裡過得還不錯
一些現在已經失落的寶物在那時候也還沒有遺失
真是完美的組合，留在那裡正好
在那裡獨自組成了螢光與白沙的回憶之國